CB060714

DESCOBRINDO OS CLÁSSICOS

O TEMPO QUE SE PERDE

LUIZ ANTONIO AGUIAR

conforme a nova ortografia da língua portuguesa

editora ática

O tempo que se perde
© Luiz Antonio Aguiar, 2008

Editora-chefe	Claudia Morales
Editor	Fabricio Waltrick
Editora assistente	Malu Rangel
Seção "Outros olhares"	Ricardo Lísias
Coordenadora de revisão	Ivany Picasso Batista
Revisoras	Cláudia Cantarin
	Luciene Lima

ARTE
Editor	Antonio Paulos
Ilustrações	Samuel Casal
Diagramadora	Thatiana Kalaes
Editoração eletrônica	Studio 3
Pesquisa iconográfica	Sílvio Kligin (coord.)

CIP-BRASIL. CATALOGAÇÃO NA FONTE
SINDICATO NACIONAL DOS EDITORES DE LIVROS, RJ

A26g

Aguiar, Luiz Antonio, 1955-
 O tempo que se perde / Luiz Antonio Aguiar. – 1. ed. – São Paulo:
Ática, 2008.
 128p.: il. – (Descobrindo os Clássicos)

Contém suplemento de leitura
ISBN 978-85-08-11964-6

1. Machado de Assis. 2. Esaú e Jacó 3. Memorial de Aires. I. Título. II. Série

08-2353.   CDD: 869.98008
                             CDU: 821.134.3(81)-8(082)

ISBN 978 85 08 11964-6 (aluno)
ISBN 978 85 08 11965-3 (professor)
Código da obra CL 736367

2022
1ª edição
5ª impressão
Impressão e acabamento: Forma Certa

Todos os direitos reservados pela Editora Ática, 2008
Av. Otaviano Alves de Lima, 4400 – CEP 02909-900 – São Paulo, SP
Atendimento ao cliente: 0800-115152 – Fax: (11) 3990-1776
www.atica.com.br – www.atica.com.br/educacional – atendimento@atica.com.br

IMPORTANTE: Ao comprar um livro, você remunera e reconhece o trabalho do autor e o de muitos outros profissionais envolvidos na produção editorial e na comercialização das obras: editores, revisores, diagramadores, ilustradores, gráficos, divulgadores, distribuidores, livreiros, entre outros. Ajude-nos a combater a cópia ilegal! Ela gera desemprego, prejudica a difusão da cultura e encarece os livros que você compra.

O TEMPO QUE SE VIVE

Você está com este livro nas mãos. Talvez tenha observado a ilustração da capa, imaginando o que o enredo abordaria. Depois deve ter dado uma folheada e, agora, está prestes a começar a história. Mas, antes, tem isto: ainda precisa *perder tempo* lendo o texto de apresentação.

Mas que tempo perdido é esse? Será que o melhor é se livrar das coisas correndo para poder fazer cada vez mais coisas, cada vez mais rápido? E qual a importância delas? Afinal, o tempo vai mesmo depressa, dias correm um depois do outro irremediavelmente, e, quando se vê, a vida é que passou.

Resta saber se todo tempo, quando rememorado, traz felicidades, saudades, risadas e – quem escapa disso? – tristezas. Memórias de quem viveu com a intensidade que se dá aos únicos momentos (a única volta na montanha-russa; a mais estonteante vista do mar na curva da montanha; o último parágrafo de um bom livro), aquela intensidade capaz de congelar instantes especiais.

Já que não podemos segurá-lo, talvez o tempo deva ser feito apenas de momentos escolhidos por nós, dedicados ao que queremos viver. Vinicius de Moraes (1913-1980) diz que "há o tempo e o contratempo/ a felicidade e a dor/ eu por mim não tenho tempo/ o meu tempo é só de amor". Essa é uma parte do poema que se chama "Tempo de solidão". Nele o poeta está triste, procurando um amor – e vendo o tempo, palpável e cruel, já que solitário, passar sem nenhuma graça.

Mas não basta apenas escolher momentos especiais. É preciso ser corajoso para bancar as escolhas, assumir um amor sem medo do sofrimento que ele possa trazer. Às vezes até parece mais fácil morrer para evitar a escolha, como Flora, de *Esaú e Jacó*, de Machado de Assis; ou então negar qualquer tipo de aproximação, como Conselheiro Aires, narrador de *Memorial de Aires*, derradeiro romance machadiano.

É a história do Conselheiro Aires, inclusive, que faz com que Nãima, protagonista do livro que você está prestes a começar, reflita sobre o momento que está vivendo: seu pai, que fugira da cidade antes que a menina nascesse, está de volta, querendo recuperar o tempo sofrido. Nãima precisa decidir se aceita conhecer Paulo e o amor que ele tem a oferecer. Será que mais tarde ela vai preferir lembrar o tempo vivido ou o tempo passado?

Você verá nas próximas páginas. Nãima conta com a inestimável ajuda do avô, que lhe apresenta as obras de Machado de Assis, companheiras e guias em suas escolhas.

A partir de agora, você tem todo o tempo do mundo para fazer desta leitura algo inesquecível.

Os editores

Os trechos de *Esaú e Jacó* e *Memorial de Aires* foram extraídos das edições publicadas pela Ática na série Bom Livro (respectivamente 12ª edição, 7ª impressão; 6ª edição, 7ª impressão).

SUMÁRIO

1. Cheiro de segredos 11
2. A Pousada do Conselheiro 14
3. Onde o passado não se perde 22
4. Memorial do cozinheiro 30
5. Esquisitices do conselheiro 35
6. Flora e os gêmeos 42
7. Esse Paulo 51
8. Estado de sítio 57
9. O *Memorial* 60
10. O que os homens chamam de amor… 65
11. "E num recanto pôs um mundo inteiro" 72
12. A vida é boa 77
13. Senhor Candongas 81
14. Pai & Filha 87
15. Uma semana depois 90

16	Variações sobre o tempo que se perde	95
17	Uma figura à parte	101
18	O temo que não nos permitimos perder	110
19	Na Flipinha...	118

Outros olhares sobre *Esaú e Jacó* e *Memorial de Aires* 123

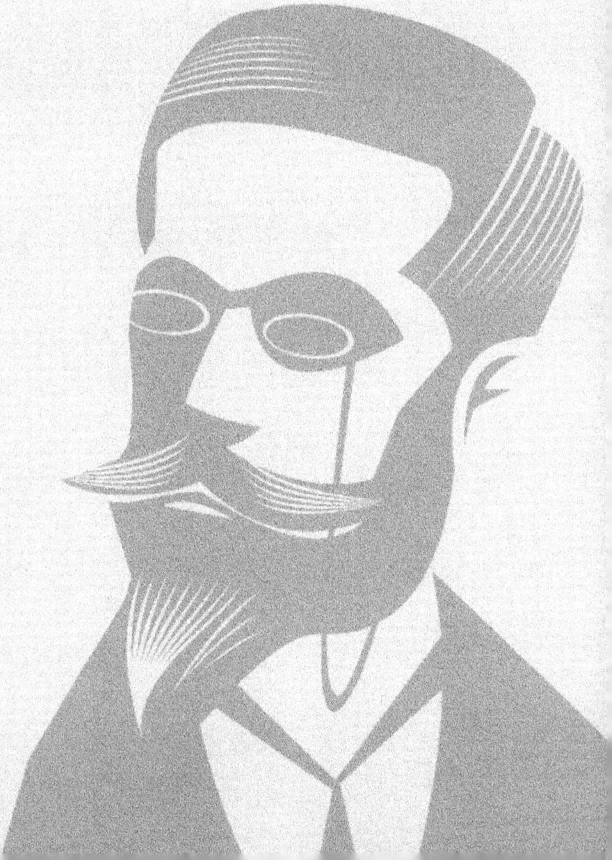

Campos achava grande prazer na viagem que íamos fazendo em trem de ferro. Eu confessava-lhe que tivera maior gosto quando ali ia em caleças tiradas a burros, umas atrás das outras, não pelo veículo em si, mas porque ia vendo, ao longe, cá embaixo, aparecer a pouco e pouco o mar e a cidade com tantos aspectos pinturescos. O trem leva a gente de corrida, de afogadilho, desesperado, até a própria estação de Petrópolis. E mais lembrava as paradas, aqui para beber café, ali para beber água na fonte célebre, e finalmente a vista do alto da serra, onde os elegantes de Petrópolis aguardavam a gente e a acompanhavam nos seus carros e cavalos até à cidade; alguns dos passageiros de baixo passavam ali mesmo para os carros onde as famílias esperavam por eles.

Campos continuou a dizer todo o bem que achava no trem de ferro, como prazer e como vantagem. Só o tempo que a gente poupa! Eu, se retorquisse dizendo-lhe bem do tempo que se perde, iniciaria uma espécie de debate que faria a viagem ainda mais sufocada e curta. Preferi trocar de assunto e agarrei-me aos derradeiros minutos, falei do progresso, ele também, e chegamos satisfeitos à cidade da serra.

Machado de Assis, *Memorial de Aires*

· 1 ·
Cheiro de segredos

A mão do hóspede recém-chegado começou a tremer quando, preenchendo a ficha sobre o balcão de recepção da pousada, deteve a caneta sobre o espaço em que deveria declarar qual seria seu próximo destino. De repente, sorriu consigo mesmo, ergueu a cabeça, e foi aí que deu com o olhar de Téo, intrigado, observando-o.

– É só escrever para onde o senhor vai depois daqui – disse o garoto.

– Eu sei – disse o hóspede, emitindo um suspiro e voltando o olhar para o teto. Mas sorriu ao dizer: – Esse é que é o problema. Daqui, posso não ir para lugar nenhum.

– Como assim? – perguntou Téo, achando graça no jeito que o homem falou… como se não estivesse dizendo aquilo a ninguém, olhando para o nada; como se fosse algo que acabasse de descobrir e comentasse consigo mesmo.

– Posso ficar aqui… – respondeu o homem.

– Quer dizer que o senhor talvez fique morando aqui?

– Isso mesmo. Talvez… para sempre.

– Bem… – o rapaz apertou os lábios. – Pode deixar em branco, então. Ninguém vê essas fichas mesmo, depois que a gente guarda.

– Ah... Então para que eu estou preenchendo essa coisa?

Téo deu de ombros:

– Sei lá. A ordem que eu tenho é entregar ao hóspede que chega, pegar de volta e enfiar numa pilha na gaveta.

O homem ficou olhando para o rapaz, quase gozador, por dois segundos. Depois, com todo cuidado, desenhou um ponto de interrogação no espaço que faltara preencher, na ficha, e a entregou.

– Obrigado, seu... Paulo... Ou é *doutor* Paulo...? – Téo não conseguiu ler o sobrenome: era um garrancho.

– Como você preferir... Vou dar uma volta por aí. Pode levar minha mala para o quarto?

– Claro, seu Paulo...

Ele tinha cerca de cinquenta anos. Provavelmente, um pouco mais. Os cabelos eram prateados e cheios. O rosto tinha traços bem definidos, fortes, angulosos. Era mais para alto, mais para robusto. Tinha uma voz agradável, grave e pausada. Téo reparou que ele arfava um pouco, ou talvez fosse cansaço da chegada.

– Sabe – disse Paulo, olhando vagamente para a rua através da janela –, é uma bênção de vocês poderem morar num lugar como este.

– Paraty é muito linda mesmo! – disse Téo. – É *Patrimônio Histórico e Artístico Nacional*! Candidata a *Patrimônio da Humanidade*!

O homem sorriu de novo:

– Eu sei... Muito linda... Mas tem um tesouro especial, para mim... É um lugar onde o passado não se perde!

Foi a vez de o rapaz sorrir. Gostou da frase.

– ... o passado não se perde... – repetiu.

– Isso mesmo! – disse Paulo. – E tanto, que vou reencontrá-lo. Hoje mesmo, talvez.

O rapaz dessa vez não entendeu. Paulo completou:

– Bem, até mais. Vou matar as saudades.
– Já esteve em Paraty, seu Paulo?
– Eu cresci aqui, garoto! – disse ele. Acenou como despedida, e voltou-se para a porta da pousada, para sair. Sorriu sozinho quando sentiu sob o solado dos sapatos o calçamento feito de pedras, os *pés de moleque*.
– Dezesseis anos...! – murmurou ele, depois soltou um suspiro e, sem destino certo, resolveu tomar a direção da praça da Matriz.

Téo foi até a vidraça e ficou vendo o homem se afastar. Achou gozado ele ter dito que crescera em Paraty. Podia jurar que o hóspede tinha jeito de quem era até de outro país. Mas não falava com sotaque. Ou melhor, isso Téo não saberia dizer ao certo, já que nunca se afastara muito da região.

· 2 ·
A Pousada do Conselheiro

A Pousada do Conselheiro ficava na rua do Fogo, quase esquina da rua da Lapa – entre as ruas Dona Geralda e a da Matriz, bem no centro histórico de Paraty. Fora seu Youssef quem escolhera o nome...

"Homenagem a um amigo meu!", dizia, sem querer explicar. Mas, muita gente conhecia a história de seu Simão, o pescador. Ele havia chegado a Paraty já viúvo, e com dois filhos gêmeos pequenos – isso fazia mais de quarenta anos, talvez quarenta e cinco. No princípio, não tinha amigos, e parecia não fazer questão de tê-los. Mal falava com quem cruzava na cidade. Passava o dia no mar, pescando, ou no cais, fazendo a limpeza e a manutenção de seu barco.

Todos o achavam esquisito e contavam muitas histórias sobre ele. Diziam que tinha vindo de longe, que fora marinheiro e atravessara mundo e meio várias vezes, mas havia também quem dissesse que ele era natural da região mesmo, da vizinha cidade de Itaguaí. Comentavam ainda que tinha mistérios em seu passado e por isso era tão recluso – que até internado em manicômio já estivera, e durante muitos anos. Ao certo, ninguém sabia de nada...

Ou talvez, uma pessoa soubesse, uma única pessoa – justamente seu Youssef, o único amigo que Simão, o pescador, teve em Paraty, onde passou seus últimos trinta anos de vida. Ninguém se lembrava direito como começara a amizade de Simão e Youssef. Mas todos na cidade sabiam que os dois se gostavam muito, e que se encontravam quase noite sim, noite não. E que conversavam sobre livros. Porque – isso se sabia também – seu Simão era um apaixonado pela leitura. Parecia que essa paixão, e bater papo com Youssef, eram os grandes prazeres de sua existência.

"Foi o Simão quem me pôs para ler de verdade", lembrava às vezes seu Youssef, e frequentemente com lágrimas nos olhos. "Com atenção, lambendo o que está escrito na página... Ninguém diria o que aquele pescador emburrado conhecia de literatura, de grandes obras... Ele, por exemplo, adorava Machado de Assis... Vejam só!"

Com efeito, Simão, o pescador, dizia:

– Ler Machado é como se a gente entrasse numa sala cheia de gente e com as paredes cobertas de espelhos. Nos espelhos, estão refletidas não as pessoas, nem sua aparência, nem suas roupas, mas... a alma delas. Então, às vezes uma se mira, vê, e solta um grito assustado. E às vezes você é quem olha, e não é uma pessoa que está ao seu lado, nessa sala: é um fantasma. Só que no espelho esse fantasma se parece com você, que se olha...

Ou então, filosofava:

– Machado é um dos maiores escritores da literatura de todos os tempos. E o único que a gente pode ler no português aqui do Brasil, a língua na qual a gente tem sonhos e pesadelos, na qual formula segredos que não divide com mais ninguém. Segredos às vezes inconfessáveis até para a gente mesmo...

Pouca gente conhecia de fato seu Simão. Mas quem acompanhasse um pouco aquele silencioso pescador logo perceberia que ele tinha uma outra paixão, além da literatura, e esta, sim, a maior de todas: seus dois filhos. Seu orgulho. Sua vida.

Esses, ao contrário do pai, eram adorados e paparicados pela cidade inteira. Eram extremamente simpáticos. Moleques como poucos, aprontavam o tempo todo e andavam quase sempre juntos. Chamavam-se Pedro e Paulo. Toda a cidade achou irônico, coisa do destino, que eles, já adultos, tivessem se apaixonado pela mesma garota – Flora. Simplesmente, a filha do seu Youssef.

Tinham nove anos a mais do que ela. E Flora os havia adotado como sua diversão favorita desde pequena. Eles, sem sentir, se acostumaram com a menina tentando mandar nos dois.

Os encontros, os acasos, os pequenos acontecimentos – tudo sobre aqueles dois rapazes e a moça era contado e repetido pela população da cidade com o entusiasmo de quem acompanha uma telenovela. Metade de Paraty ficou torcendo para que Flora se decidisse por Pedro, metade para que acabasse com Paulo, e na maior parte do tempo, nem uma parte nem a outra sabiam distinguir um gêmeo do outro.

– Só não tinha de terminar como acabou... – dizia seu Youssef para si mesmo, lembrando com certa dor, com certa saudade, daqueles tempos.

A tarde já ia minguando. Um sol pálido de começo de abril enviava seus últimos raios quase sem calor através da janela do segundo andar da pousada, iluminando o apartamento de Youssef. Da janela se avistavam a praça de Santa Rita e o mar. A estreita rua do Fogo, onde ficava a entrada principal da pousada, desembocava junto da igreja de Santa Rita. Por aquele pátio em frente à igreja, conforme se dizia, vagava o espírito de uma noiva falecida na véspera de seu casamento, mas que, segundo se acreditava, na verdade fora enterrada viva…

– Ela é muito bonita – costumava comentar Youssef, que garantia já tê-la visto da janela do seu apartamento várias vezes, passeando durante a madrugada deserta ao redor da praça. – Qualquer noite a chamo para tomar um café.

A noiva enterrada viva era uma das histórias de Paraty, assim como também tinha lá suas histórias o casarão colonial – do século XVII – em que funcionava a pousada. Era um comprido sobrado caiado de branco, com telhas de cerâmica e janelas protegidas por painéis feitos de ripas de madeira, pintados de azul-rei, com batentes de madeira de lei crua. Youssef o comprara logo que chegara à cidade, mais de meio século atrás.

Ali, Youssef se casou e morou com sua esposa, até se tornar viúvo. Ele e a filha Flora transformaram a casa em pousada, quinze anos antes.

No salão térreo havia um espaço recuado onde era a pequena – mas bem sortida – biblioteca de seu Youssef, que fazia questão de mantê-la disponível para os hóspedes e para quem mais da cidade quisesse ler um bom livro. Era onde, no passado de que constantemente se recordava saudoso, recebia seu Simão para conversar.

O pescador chegava no começo da noite e nunca saía depois das dez. Tomavam chá, batiam papo sobre suas leituras, em voz baixa, e às vezes também jogavam xadrez – uma mania que, essa, foi Youssef quem passou para Simão.

Por vezes, Youssef se reconfortava com a ideia de que Simão teria ficado muito satisfeito com o nome que ganhara a pousada. Ele o tomaria não como uma homenagem a si, mas à amizade de ambos e às conversas que os uniam, as quais tinham o Conselheiro Aires, personagem dos dois últimos romances de Machado de Assis – e personagem machadiano preferido de Simão –, como um de seus temas mais constantes.

Simão costumava se entusiasmar quando falava desses romances:

– *Esaú e Jacó* e *Memorial de Aires* são um par inseparável. O personagem que Machado criou para narrar as duas histórias, esse Conselheiro Aires, é uma charada. Há várias interpretações para ele por aí. Um personagem precioso!

– Um esnobe! – acusava Youssef, que implicava com o conselheiro. Ou fazia que implicava, para provocar o amigo pescador. – Olhe só a maneira como contou o *Esaú e Jacó*, toda enviesada, toda estranha, como se ao mesmo tempo estivesse e não estivesse dentro da história.

Era quase parte de suas partidas de xadrez, justamente, o duelo de opiniões entre os dois sobre a *abertura* de *Esaú e Jacó*, um pequeno e enigmático texto, que provocava muitas discussões da dupla. Costumavam revirar aquelas poucas linhas como se buscassem variações inesperadas, ou desmascarar movimentos ocultos...

ADVERTÊNCIA

Quando o Conselheiro Aires faleceu, acharam-se-lhe na secretária sete cadernos manuscritos, rijamente encapados em papelão. Cada um dos primeiros seis tinha o seu número de ordem, por algarismos romanos, I, II, III, IV, V, VI, escritos a tinta encarnada. O sétimo trazia este título: Último.

A razão desta designação especial não se compreendeu então nem depois. Sim, era o último dos sete cadernos, com a particularidade de ser o mais grosso, mas não fazia parte do Memorial, *diário de lembranças que o conselheiro escrevia desde muitos anos e era a matéria dos seis. Não trazia a mesma ordem de datas, com indicação da hora e do minuto, como usava neles. Era uma narrativa; e, posto figure aqui o próprio Aires, com o seu nome e título de conselho, e, por alusão, algumas aventuras, nem assim deixava de ser a narrativa estranha à matéria dos seis cadernos. Último por quê?*

A hipótese de que o desejo do finado fosse imprimir este caderno em seguida aos outros, não é natural, salvo se queria obrigar a leitura dos seis, em que tratava de si, antes que lhe conhecessem esta outra história, escrita com um pensamento interior e único, através das páginas diversas. Nesse caso, era a vaidade do homem que falava, mas a vaidade não fazia parte dos seus defeitos. Quando fizesse, valia a pena satisfazê-la? Ele não representou papel eminente neste mundo; percorreu a carreira diplomática, e aposentou-se. Nos lazeres do ofício, escreveu o Memorial, *que, aparado das páginas mortas ou escuras, apenas daria (e talvez dê) para matar o tempo da barca de Petrópolis.*

Tal foi a razão de se publicar somente a narrativa. Quanto ao título, foram lembrados vários, em que o assunto se pudesse resumir. Ab ovo, *por exemplo, apesar do latim; venceu, porém, a ideia de dar estes dois nomes que o próprio Aires citou uma vez:*

    ESAÚ E JACÓ

Fosse como fosse, Youssef se divertia nas discussões com o amigo pescador:

– Ora, o conselheiro é um sujeito que proclama que não tem "para dar o que os homens chamam de amor"… E diz isso para se exibir! Imagine!

– Mas se ele se apaixona, homem! – replicava Simão.

— A contragosto, mas se apaixona. É um solitário! Um homem que teme a dor. Um homem sofrido!

— Mais um desses defuntos de Machado de Assis, que retornam da tumba para atormentar quem já os suportou em vida.

— Ou isso, ou alguém que sente a morte se aproximar. E talvez mesmo chame por ela... – rebatia Simão, já que o mais importante na disputa era ficar com a última palavra. – O *Memorial de Aires*, que vem depois de *Esaú e Jacó*, é justamente um pedaço dos diários do conselheiro... Ora, e não poderia haver obra mais tocante em nossa literatura! Não esqueça que Machado o escreveu quando já estava viúvo e confessava a seus amigos mais chegados que tudo o que esperava agora era *reencontrar-se* com sua Carolina. O romance é todo feito de saudade, até a última linha.

— Mas por que criar dois romances tão sentimentais e eleger um personagem que renega seus sentimentos para contá-los? Um narrador excêntrico desses, um...

— Caprichos do Machado, ô turco! – impacientava-se Simão, que chamava Youssef assim quando queria aborrecê-lo, e não porque fosse ofensa em si ser chamado de turco, mas porque era a maneira preconceituosa como se costumava chamar a todos os imigrantes do Oriente Médio, independente da procedência.

— Libanês, Simão! – corrigia Youssef com um muxoxo. – Libanês de Beirute e você sabe muito bem disso!

Saudade... Youssef conhecia bem o que era saudade. Na época, ele também já era um viúvo, que por vezes se fechava no quarto para ficar pensando em sua falecida esposa, Hilal. Era fechar os olhos e via diante de si o rosto dela... "Bela como a lua cheia que faz o mar invadir as ruas de Paraty", sussurrava ele, com os olhos úmidos.

E o fato é que Simão, o pescador, que tanto amava seus filhos gêmeos e suas leituras, o amigo de Youssef, também se tornara uma das histórias da cidade. Fazia quinze anos, então, que falecera. Contava-se, agora, que seu espírito aparecia na biblioteca da Pousada do Conselheiro em certas noites. Que o fantasma retirava um livro ou outro das estantes, sentava-se numa das confortáveis poltronas ali dispostas com esmero e punha-se a ler. Era ali, naquele lugar que tanto prazer lhe dera em vida, que tranquilizava seu tormento. Isso porque – assim se comentava, em voz cochichada – morrera de desgosto. O amor de Pedro e Paulo pela filha do amigo, a bonita garota chamada Flora, assim como acontecera no enredo do romance de Machado, *Esaú e Jacó*, acabara em tragédia.

E disso toda Paraty se lembrava perfeitamente.

• 3 •

Onde o passado não se perde

A cidade onde o passado não se perde, como descreveu o hóspede recém-chegado à Pousada do Conselheiro, fica no litoral do estado do Rio de Janeiro, ao norte de Angra dos Reis e à beira de um mar sedutor e generoso, repleto de ilhas que são mais do que o paraíso. Paraty começou a surgir por volta de 1530, como povoação em torno de um forte. A data é incerta, mas o primeiro registro oficial é de 1667, com o nome de Nossa Senhora dos Remédios de Paratii. O nome da cidade vem do tupi – o idioma dos índios que habitavam a região – e quer dizer *peixe branco*. Atualmente, há quem defenda a grafia antiga, *Paraty*, adotada desde o século XVIII, mas há também quem escreva *Parati*. Com o comércio de ouro e pedras preciosas do século XVII, que tinha como centro Minas Gerais, a estrada pela qual era transportado o rico metal, o Caminho do Ouro do Rio de Janeiro, passava pelos arredores da povoação. Muitos afirmam que nessa época Paraty ficava infestada de piratas. Nas suas estalagens e adegas, ou comemoravam as presas que haviam capturado no mar, ou se punham de ouvidos atentos para registrar qualquer informação sobre algum navio carregado de ouro que deixava o porto da cidade.

É quando Paraty toma forma, com os prédios coloniais que ainda hoje estão preservados em seu centro histórico, onde é proibido transitar de carro. Paraty é o nosso passado autêntico, mas vivo, habitado – tanto que um dos principais eventos literários do país, a Feira Literária Internacional, acontece lá, todos os anos. Durante a FLIP, escritores de todo o mundo e aficionados dos livros ocupam a cidade, transformando-a no reino mágico da literatura. Simultaneamente à FLIP, acontece a Flipinha, para crianças e jovens leitores. Na Flipinha, a praça da Matriz vira um grande sítio do encantamento, com bonecos gigantes que são de todas as histórias. Surgem até as *árvores de livros*, com fieiras de livros pendurados, outros guardados em grandes caixas. Sob as árvores, as crianças podem se sentar e pegar o livro que quiserem, entre os muitos que estão ali.

Machado de Assis, pelo que consta, somente uma vez passou uma temporada mais longa fora do Rio de Janeiro – três meses, em Friburgo, na região serrana do estado, lá pelo ano de 1880, para se recuperar de uma infecção dos olhos. Jamais esteve em Paraty. Quando o escritor morreu, em 1908, a cidade enfrentava um período de decadência econômica. Só na década de 1970, o turismo redescobriu sua inacreditável beleza, oculta de todos e quase esquecida por cerca de um século. Era um tesouro escondido.

Ao mesmo tempo, lá viviam Paraty e seus habitantes, em grande parte, então, pescadores, isolados das transformações por que passava o país.

– Mas, poxa!... – protestava Téo. – Por que vamos apresentar uma peça baseada em *Esaú e Jacó* e *Memorial de Aires* durante a Flipinha? Não tem a ver com Paraty. Os dois livros falam das mudanças do Brasil no final do século XIX... a abolição da escravatura, a proclamação da República... O que mais tem neles é história do Brasil. Mas uma história que, na época, nem sabia que Paraty existia!

— Ah, Téo, não é bem assim, não... — rebateu Nãima. E a garotada do grupo de teatro se voltou para ela, que, muito de nariz empinado (um nariz, aliás, que não escondia que ela era neta de seu Youssef), se pôs de pé.

Todos ali adoravam quando o casal de namorados começava a discutir. O que, aliás, acontecia em quase todas as reuniões do grupo.

— Eu e o Zeca — costumava dizer a mãe de Nãima, Flora, de brincadeira — namoramos diferente de vocês dois.

— Vocês não namoram! — protestava a garota, beirando à indignação. — Vocês são casados.

— Ah, e casado não namora? Cruzes! — exclamava Flora, rindo. — Quer dizer então que, quando você se casar, vai ser uma chatura só, né?

Nãima era mais para cheinha — tinha um pacto com a mãe, só começavam dietas juntas. Na verdade, viviam começando dietas que eram deixadas de lado, sumariamente, quando aparecia a primeira tentação mais forte. Tentações como sorvetes de pistache e macarronadas (do Zeca), nas quais muitas vezes se felicitavam por caírem, igualmente, juntas.

Na verdade, Nãima não se importava de não ter o corpo *da moda*. Achava seu corpo um charme, um jeito seu de ser. E não havia garoto que não espichasse o olho quando ela passava. Para desespero de Téo, um ciumento assumido.

A garota ainda usava seus cabelos negros encaracolados soltos, como se fosse a juba de uma pequena leoa. Tinha cílios lindamente compridos — e sabia disso. A boca era larga, atrevidamente expressiva. Encurralada, costumava empinar o nariz. E também o empinava quando estava encarando Téo numa discussão, como agora:

– *Esaú e Jacó* é também uma história de amor. Sobre dois caras apaixonados pela mesma moça, que não consegue se decidir por um deles. E sobre o que essa indecisão faz com ela... Para piorar, os caras são irmãos, e gêmeos. E *Memorial de Aires* fala do medo da solidão e da chegada do fim da vida, quando queremos entender o que a gente fez, no final das contas, aqui no mundo. Isso tem a ver com qualquer um, em qualquer lugar e em qualquer tempo. Os dois romances têm personagens tão humanos, quer dizer... são tão doídos que são mais do que humanos, são...

– Puxa – cortou Téo, debochado. – Até parece o seu Youssef falando. Tá na cara que foi ele quem convenceu você a empurrar esses dois livros pra gente.

– Como é que é seu...?

O palavrão ficou somente na ameaça, mas Téo, mais do que descolado nesses confrontos, não passou recibo. Voltou-se para os outros membros do grupo e continuou:

– Eu ainda acho que a gente devia adaptar umas lendas de Paraty. Com os nossos fantasmas, por exemplo. Tem cada história de assombrar ótima! E é uma coisa bem nossa, bem daqui!

Já havia gente no grupo assentindo. Nãima sentiu que ia perder a parada se não fizesse alguma coisa logo.

– Machado é daqui, é de todo lugar que é Brasil, e do mundo também. Sabia que ele hoje é considerado um gênio da literatura mundial? E os textos dele são bastante atuais, para quem fizer uma leitura esperta... – E os demais membros do grupo continuavam calados assistindo ao pingue-pongue entre os dois. O mais engraçado é que todos tinham certeza de que Nãima e Téo, apesar de estarem de cara vermelha de tanta irritação um com o outro, iam sair dali bem agarradinhos e rindo da briga.

– Demais! – zombou Téo. – Um troço pra lá de antigo. Olha só o título do primeiro capítulo do *Esaú e Jacó*... "Cousas Futuras"... *Cousas?*

– Cara – e Nãima tinha agora um ar de vitoriosa. Ia aplicar um xeque-mate no namorado... – Nem parece que você mora em Paraty. O que é que alguém daqui pode ter contra *coisas antigas*...?

O pessoal soltou risadinhas. Téo fez uma careta, mas ficou sem resposta por um momento, e foi mais do que o suficiente para Nãima se manter no ataque.

– Além do mais – castigou a menina –, esse trecho é demais! Do jeito que o Téo está dizendo não dá para perceber, mas essa história de *cousas futuras* é um enigma. Uma profecia!

COUSAS FUTURAS

Era a primeira vez que as duas iam ao Morro do Castelo. Começaram de subir pelo lado da Rua do Carmo. Muita gente há no Rio de Janeiro que nunca lá foi, muita haverá morrido, muita mais nascerá e morrerá sem lá pôr os pés. Nem todos podem dizer que conhecem uma cidade inteira. (...)

Natividade e Perpétua conheciam outras partes, além de Botafogo, mas o Morro do Castelo, por mais que ouvissem falar dele e da cabocla que lá reinava em 1871, era-lhes tão estranho e remoto como o clube. (...) A manhã trazia certo movimento; mulheres, homens, crianças que desciam ou subiam, lavadeiras e soldados, algum empregado, algum lojista, algum padre, todos olhavam espantados para elas, que aliás vestiam com grande simplicidade; mas há um donaire que se não perde, e não era vulgar naquelas alturas. A mesma lentidão do andar, comparada à rapidez das outras pessoas, fazia des-

confiar que era a primeira vez que ali iam. Uma crioula perguntou a um sargento: "Você quer ver que elas vão à cabocla?" (...)

Com efeito, as duas senhoras buscavam disfarçadamente o número da casa da cabocla, até que deram com ele. A casa era como as outras, trepada no morro. Subia-se por uma escadinha, estreita, sombria, adequada à aventura.

– A mãe dos gêmeos está preocupada com o futuro deles – prosseguiu Nãima. – Tem visto umas coisas entre os dois que a deixam meio cismada. Só que quando ela e a tal vidente finalmente ficam frente a frente, tudo parece mais preocupante ainda...

Nenhuma dizia nada. Natividade confessou depois que tinha um nó na garganta. Felizmente, a cabocla não se demorou muito (...)

(...) Era uma criaturinha leve e breve (...) Os cabelos, apanhados no alto da cabeça por um pedaço de fita enxovalhada, faziam-lhe um solidéu natural, cuja borla era suprida por um raminho de arruda. Já vai nisto um pouco de sacerdotisa. O mistério estava nos olhos. Estes eram opacos, não sempre nem tanto que não fossem também lúcidos e agudos (...) Bárbara interrogou-as; Natividade disse ao que vinha e entregou-lhe os retratos dos filhos e os cabelos cortados, por lhe haverem dito que bastava.

– Basta, confirmou Bárbara. Os meninos são seus filhos?

– São.

– Cara de um é cara de outro.

– São gêmeos; nasceram há pouco mais de um ano.

— As senhoras podem sentar-se.

(...) A cabocla foi sentar-se à mesa redonda que estava no centro da sala, virada para as duas. Pôs os cabelos e os retratos defronte de si. Olhou alternadamente para eles e para a mãe, fez algumas perguntas a esta, e ficou a mirar os retratos e os cabelos, boca aberta, sobrancelhas cerradas. Custa-me dizer que acendeu um cigarro, mas digo, porque é verdade (...)

Natividade não tirava os olhos dela, como se quisesse lê-la por dentro. E não foi sem grande espanto que lhe ouviu perguntar se os meninos tinham brigado antes de nascer.

(...) Natividade, que não tivera a gestação sossegada, respondeu que efetivamente sentira movimentos extraordinários, repetidos, e dores, e insônias... Mas então que era? Brigariam por quê? A cabocla não respondeu. Ergueu-se pouco depois, e andou à volta da mesa, lenta, como sonâmbula, os olhos abertos e fixos; depois entrou a dividi-los novamente entre a mãe e os retratos. Agitava-se agora mais, respirando grosso. Toda ela, cara e braços, ombros e pernas, toda era pouca para arrancar a palavra ao Destino. Enfim, parou, sentou-se exausta, até que se ergueu de salto e foi ter com as duas, tão radiante, os olhos tão vivos e cálidos, que a mãe ficou pendente deles, e não se pôde ter que lhe não pegasse das mãos e lhe perguntasse ansiosa:

— Então? Diga, posso ouvir tudo.

Bárbara, cheia de alma e riso, deu um respiro de gosto. A primeira palavra parece que lhe chegou à boca, mas recolheu-se ao coração, virgem dos lábios dela e de alheios ouvidos. Natividade instou pela resposta, que lhe dissesse tudo, sem falta...

— Cousas futuras! murmurou finalmente a cabocla.

– Olha – disse Nãima, fechando o livro. – Ler um texto desses tem umas dificuldades, sim. Acho que a gente vai precisar de ajuda, uma hora. E de um dicionário, que não faz mal a ninguém ter por perto. Mas... é como uma viagem no tempo... É como poder espiar por um buraco de fechadura e ver como o pessoal vivia antigamente. Ou... como passear pelas ruas aqui de Paraty, ou fechar os olhos na praça da Matriz, e imaginar gente de outra época, com outras roupas, rodando por lá. Gente que falava diferente, que fazia tudo muito mais devagar. Que tinha outras histórias para contar, que via o mundo de um outro jeito. Daí a gente começa a imaginar como era, que a gente veio disso, a gente era assim e foi se transformando no que é hoje e... É isso o que a gente pode passar para o público que vai assistir à nossa montagem! Então, se eles falam *cousas* em vez de *coisas*... isso é o de menos, né?

· 4 ·

Memorial do cozinheiro

Na Pousada do Conselheiro, molho de tomate era feito à antiga. Receita italiana acochambrada com culinária *caiçara*, típica da região.

Primeiro, se arranjava um panelão de barro para picar dois quilos de tomate, mais ou menos. Depois, cortavam-se dois ou três talos de alho-porro grandes, bem picadinhos. Cebola e pimentão, idem. Sal, pimenta-do-reino, duas colheradas de manteiga, três copos de vinho, e se deixava ferver. Eram pelo menos três horas no fogo. De tempos em tempos, ia-se lá com uma colher de pau grande amassar os tomates, remexer o caldo, acrescentar um pouco de água. O que dizia que o molho estava pronto era o cheiro. Zeca somente dava por concluída sua obra de arte quando começava a aparecer gente na porta da cozinha, salivando e com olhinhos brilhando, quase implorando por uma macarronada fora de hora.

Geralmente, a gulosa-mor era Nâima, que já aparecia munida de um naco de pão fresquinho. Zeca, rindo gostosamente, feliz da vida por despertar os apetites da garota, mergulhava, na ponta de um garfo comprido, o pão no molho ainda quente, salpicava parmesão ralado e o dava de volta para ela. Zeca adorava assistir à cena. A garota soltava suspiros quase indecentes ao morder o pão e tinha um prazer que mais ninguém, além dela e do Zeca, compreendia, em deixar o molho de tomate escorrer um pouco pelo queixo.

– Hoje em dia ninguém mais faz molho de tomate assim – gabava-se Zeca.

– Claro que ninguém mais faz assim – provocava um ou outro engraçadinho. – Sabia que no mercado tem molho de tomate em lata? E também em vidro e caixinha. Tudo pronto.

Para Zeca isso era uma ofensa:

– Molho de tomate em conserva é ácido, não tem cheiro, ou é empelotado ou é aguado, cheio de corantes, cor de chiclete. Veja este aqui... – E ele fazia questão de quase enfiar a cara do atrevido no panelão.

– É sedoso. Perfumado. De um vermelho forte, encorpado. Quase doce, mas na medida certa para combinar com a massa e com o parmesão. Ou com qualquer outra coisa. Já experimentou almôndegas passadas no fubá e cozidas neste molho?

– Mas o tempo que se ganha com o enlatado... – Ainda tentava resistir o sujeito.

E Zeca matava a pau:

– E o molho que se perde?

O marido de Flora era o cozinheiro da pousada, que tinha um dos restaurantes mais procurados de Paraty, e que atendia a apenas seis mesas. A fila de reservas era sempre grande para o almoço e o jantar. Só podia ir lá quem tinha bastante paciência. Todos os pratos eram feitos na hora, as etapas do preparo cuidadas uma a uma – ele chegava a colher na horta, na hora também, as ervas e os outros ingredientes que usava em cada tempero. Demorava, portanto, mas o que chegava à mesa era uma festa. Primeiro para os olhos. Depois, para o nariz e, finalmente, quando entrava pela boca, era o que qualquer um podia imaginar como o *céu*.

Zeca tinha um segredo. Livros com receitas escritas à mão

que herdara do pai, lendário cozinheiro da cidade – um napolitano com um passado tão misterioso que até pirata diziam que ele fora.

– Claro que não, o tempo dos piratas foi muito, muito antes de seu Jonas – replicavam alguns.

Mas outros hesitavam:

– E o jeitão que ele tinha? Até tapa-olho usava...

Usava tapa-olho, era corpulento, falava alto, agitando as mãos como quem maneja espadas, e quando o viam sacudindo no ar um facão de cozinha todos saíam de perto... Mas era acima de tudo um cozinheiro. E deixara escritas suas memórias culinárias em alguns cadernos com capa dura, que o filho, muito ciumento, não deixava ninguém pôr a mão. Muito poucos, na verdade, sabiam que eles existiam. Se perguntavam ao Zeca qual era a receita de um dos pratos que apresentava no restaurante, ele reagia com a indignação de um mágico a quem se pede para revelar seus truques de palco e salão.

A cozinha de Zeca, com suas delícias, era um dos refúgios favoritos de Nãima. Outro era a biblioteca de seu Youssef, principalmente para conversar com o avô.

Nesse dia, depois da reunião do grupo de teatro, os dois falavam justamente daquele primeiro capítulo de *Esaú e Jacó*, quando a mãe dos gêmeos vai consultar a cabocla do Castelo.

– É que eu senti um clima de ameaça, vô... – arriscou Nãima.

– E tem mesmo... – concordou Youssef. – Sobretudo se você lembrar que, na Bíblia, essa história entre os irmãos não acabou bem.

– Que história? A de Esaú e Jacó?

– Sim, é um episódio do capítulo inicial, o Gênesis. Esaú e Jacó são gêmeos, como o Pedro e o Paulo da história de Machado. E no Gênesis, são tremendos rivais. O título pode ser uma mensagem, uma senha, mas também pode ser um capricho do Machado. E não seria o único. Esse Conselheiro Aires, por exemplo, é cheio de truques... É um narrador muito esquisito... Um excêntrico!

– Mas ele ainda nem apareceu na história.
– Justamente, e já está aprontando das suas.
– Ah, é? Como? – indagou Nãima, e não só por curiosidade. Ficou imaginando se o avô não diria alguma coisa boa para ela pegar Téo pelo pé, mais tarde, quando estivessem lendo o livro juntos.

– Bem, depois desse capítulo, em que a mãe dos gêmeos, Natividade, e sua irmã Perpétua vão perguntar a uma cabocla, no morro do Castelo, sobre o futuro dos gêmeos, vem o episódio do "Irmão das almas", não é? Aquele sujeito que pede esmolas, empregado de uma igreja... Bem, você não reparou nada estranho nessa história?

E Youssef deu outra risadinha, bem provocativa, enquanto a neta relia o capítulo.

Perpétua compartia as alegrias da irmã, as pedras também, o muro do lado do mar, as camisas penduradas às janelas, as cascas de banana no chão. Os mesmos sapatos de um irmão das almas, que ia a dobrar a esquina da Rua da Misericórdia para a de S. José, pareciam rir de alegria, quando realmente gemiam de cansaço. Natividade estava tão fora de si que, ao ouvir-lhe pedir: "Para a missa das almas!" tirou da bolsa uma nota de dois mil-réis, nova em folha, e deitou-a à bacia. A irmã chamou-lhe a atenção para o engano, mas não era engano, era para as almas do purgatório.

– Tá, e daí? – perguntou Nãima.

– Você se lembra de que quem está escrevendo *Esaú e Jacó* é o Conselheiro Aires, *que por enquanto não deu as caras...*? O mesmo que lá um pouquinho atrás, falando da cabocla Bárbara, disse: "Custa-me dizer que acendeu um cigarro, mas digo, porque é verdade...". Esse *me* é o jeito dele se meter na história.

– Novamente: e daí?

– Sabe, minha neta, tem vezes que eu me pergunto se também não foi por capricho e ironia do destino, esse que brinca tanto com a vida da gente, que você recebeu um nome que, em árabe, quer dizer *serenidade...*

– Hum! – bufou Nãima.

– Tenha a gentileza de continuar lendo... Você vai ter uma surpresa, dona convencida. Eu disse que esse livro esconde segredos, não disse? Logo depois que Natividade e sua irmã foram embora, a história segue com o irmão das almas...

• 5 •
Esquisitices do conselheiro

– Deus lhe acrescente, minha senhora devota! exclamou o irmão das almas ao ver a nota cair em cima de dois níqueis de tostão e alguns vinténs antigos. *Deus lhe dê todas as felicidades do céu e da terra, e as almas do purgatório peçam a Maria Santíssima que recomende a senhora dona a seu bendito filho!*
(…)
Depois ficou a olhar para a nota tão fresca, tão valiosa, nota que almas nunca viram sair das mãos dele. Foi subindo a Rua de S. José. Já não tinha ânimo de pedir; a nota fazia-se ouro (…) *"Para a missa das almas!" gemeu à porta de uma quitanda e deram-lhe um vintém, – um vintém sujo e triste, ao pé da nota tão novinha que parecia sair do prelo.* (…)
E a nota sempre limpa, uns dois mil-réis que pareciam vinte. (…)
Na igreja, ao tirar a opa, depois de entregar a bacia ao sacristão, ouviu uma voz débil como de almas remotas que lhe perguntavam se os dois mil-réis… Os dois mil-réis, dizia outra voz menos débil, eram naturalmente dele, que, em primeiro lugar, também tinha alma, e, em segundo lugar, não recebera nunca tão grande esmola. (…)

Se minto, não é de intenção. Traduzi [as palavras] *em língua falada, a fim de ser entendido das pessoas que me leem (...) Viu um mendigo que lhe estendia o chapéu roto e sebento; meteu vagarosamente a mão no bolso do colete, também roto; e aventou uma moedinha de cobre que deitou ao chapéu do mendigo, rápido, às escondidas, como quer o Evangelho. (...) E o mendigo, como ele saísse depressa, mandou-lhe atrás estas palavras de agradecimento, parecidas com as suas:*
– Deus lhe acrescente, meu senhor, e lhe dê...

– Não reparou nada de estranho sobre quem está contando a história?
– O Machado?
– Não, sobre o sujeito que Machado criou para contar a história, o tal que a "Advertência" apresentou como Conselheiro Aires, como se fosse um amigo, ou um conhecido de quem está cuidando da publicação. Esse mesmo que diz que traduziu os pensamentos do irmão das almas em língua falada, para contar como esse tal irmão se justificou por roubar o dinheiro que fora dado para a missa. Lembra que, teoricamente, Aires não está inventando uma história, não está fazendo ficção... Mas, aqui, fura a regra, e inventa. Quem conta o que viu e presenciou, não pode ir assim entrando no pensamento dos outros, como se fosse a casa dele. Ele não tem esse poder. Principalmente...
– Já sei! – exclamou Nâima, expansiva. – Principalmente se nem na cena ele está.
– Isso... O Conselheiro Aires vai aparecer mais para a frente como amigo da família de Natividade, os Santos. E é assim, segundo ele mesmo conta, que ficou conhecendo a história dessas pessoas. É assim que vai contar as brigas e as

disputas dos gêmeos, o amor deles por Flora, e o triste amor dela por eles...

– Tá – cortou Nãima. – Mas se nem a Natividade sabe o que o irmão das almas fez do dinheiro que ela deu, como o conselheiro ia saber? Puxa... – E a garota hesitou. – Tô achando que, como dizem lá no Rio, o Machado atravessou o samba! É isso? – Ela cintilou os olhos triunfantes para o avô. – Esse gênio da literatura deu o maior furo aqui, não foi?

– Um erro? Você acha que o Machado começou escrevendo de um jeito e de repente se esqueceu do que estava fazendo?

– Algo assim... Foi isso? O Machado se estrepou nessa, não foi?

– Lembra quando o Aires se coloca mesmo em cena, alguns capítulos adiante?

ESSE AIRES

Esse Aires que aí aparece conserva ainda agora algumas das virtudes daquele tempo, e quase nenhum vício. Não atribuas tal estado a qualquer propósito. Nem creias que vai nisto um pouco de homenagem à modéstia da pessoa. Não, senhor, é verdade pura e natural efeito. Apesar dos quarenta anos, ou quarenta e dois, e talvez por isso mesmo, era um belo tipo de homem. Diplomata de carreira, chegara dias antes do Pacífico, com uma licença de seis meses.

Não me demoro em descrevê-lo. Imagina só que trazia o calo do ofício, o sorriso aprovador, a fala branda e cautelosa, o ar da ocasião, a expressão adequada, tudo tão bem distribuído que era um gosto ouvi-lo e vê-lo. Talvez a pele da cara rapada estivesse prestes a mostrar os primeiros sinais do tempo. Ainda assim o bigode, que era moço na cor e no apuro com que acabava em ponta fina e rija, daria um ar de frescura ao rosto, quando o meio século chegasse. O mesmo faria o cabelo, vagamente grisalho, apartado ao centro. No alto da cabeça havia um início de calva. Na botoeira uma flor eterna.

Tempo houve, – foi por ocasião da anterior licença, sendo ele apenas secretário de legação, – tempo houve em que também ele gostou de Natividade. Não foi propriamente paixão; não era homem disso. Gostou dela, como de outras joias e raridades, mas tão depressa viu que não era aceito, trocou de conversação. Não era frouxidão ou frieza. Gostava assaz de mulheres e ainda mais se eram bonitas. A questão para ele é que nem as queria à força, nem curava de as persuadir. Não era general para escala à vista, nem para assédios demorados; contentava-se de simples passeios militares, – longos ou breves, conforme o tempo fosse claro ou turvo. Em suma, extremamente cordato.

– Mas é ele falando dele mesmo, não é? O cara é um metido!

– É... Metido ele é. E aqui dá para ver que é vaidoso à beça, tanto que se trai quando descreve a si mesmo.

– Ele se acha demais! – disse Nãima entortando o nariz.

– E como! Mais do que tudo e principalmente do que todos que já se puseram a narrar histórias na literatura... Só que torções no jeito de narrar acontecem várias vezes nessa história. Daí, não foi erro de Machado, eu tenho certeza que foi de propósito. Tem tudo a ver o conselheiro contar essa história quebrando uma regra aqui, sem dar muito na vista, outra ali... meio que sonsamente. Tanto em *Esaú e Jacó* quanto no *Memorial de Aires*. Entrando na dor da história, para não ficar de fora do que está rolando, mas querendo ficar longe ao mesmo tempo, resguardando-se, sem conseguir muito, mas tentando se proteger...

– E sempre meio que gostando de escutar as fofocas do dia... Não é?

– É, ele tem mesmo jeito de *fofoqueiro* – riu Youssef. – Não consegue decidir se inventa uma história ou se relata algo que viveu. Se faz que nem narrador tradicional, que sabe mais do que os personagens, um superpoderoso, que entra no pensamento dos outros, ou se é um personagem qualquer. Um sujeito que, como está escrito mais à frente, quando perguntam a opinião dele sobre um assunto delicado, "faz um gesto de dous sexos".

– Que coisa é isso?

– Hoje você diria: *ficar em cima do muro*.

– Já vi que você também não vai com a cara dele, né?

– Mais ou menos. Já um antigo amigo meu adorava o Conselheiro Aires. Achava-o... humano... justamente por causa das falhas dele. Mas, esse meu amigo era um sujeito muito generoso.

Youssef calou-se por um instante, e Nãima percebeu algo na expressão do rosto do velho, que de repente se afastava para muitos e muitos anos no passado.

– Vô... aquele cara que se casou com minha mãe antes... antes... Você sabe!

Youssef se voltou para ela, com um olhar entristecido:

– Você não deveria falar dele assim...

– Mas e aí? Ele e o irmão eram Pedro e Paulo também... Gêmeos, né?

– E sua mãe se chama Flora... Está vendo o que o destino apronta com a gente?

– Mas, como era o jeito deles?

– Bem... – E Youssef soltou um suspiro. Era uma pergunta crucial. Nãima dificilmente tocava no assunto, e quando o fazia era apenas um comentário, nunca perguntas. – Eram amigos inseparáveis. Isso desde meninos. Um aprendia a soltar pipa, já ia ensinar para o outro, para soltarem juntos. Eram sócios em tudo, nas figurinhas, nos sorvetes e sanduíches. Um comprava já pensando em dividir com o outro. Nunca vi dois irmãos se gostarem tanto... E cresceram assim. Ninguém estranhou muito quando os dois ficaram gostando da mesma moça...

– Minha mãe... – murmurou Nâima. E calou-se. Youssef ficou se perguntando o quanto ela estaria desejosa de escutar aquela história inteira, sem ter coragem para perguntar. – Mas, aí...?

Algo dentro de Youssef – ou talvez o fantasma do pescador Simão, pairando ali naquela biblioteca – lhe disse: "É agora!". E ele ia contar. Tomou fôlego...

Quando então o mesmo já mencionado destino, um grande *arteiro*, um narrador de histórias muito mais caprichoso, esquisito e excêntrico do que o Conselheiro Aires, fez Youssef erguer os olhos e empalidecer. Nâima se voltou. Observando-os, parado alguns passos à distância da estante de livros, estava um homem que ela não conhecia – provavelmente, pelo jeito, um hóspede da pousada. E ela já ia retomar a conversa quando o avô lhe disse, numa voz entrecortada, quase sumida:

– Nâima... depois... depois... a gente fala mais depois, certo?

– Você está bem, vovô? – perguntou a garota, preocupada. Mas Youssef não conseguiu tirar os olhos do recém-chegado.

– Estou... Lembrei... de uma coisa que eu preciso fazer. Preciso fazer... e agora! Depois a gente continua, está bem?

Nâima, meio desapontada, e estranhando tudo aquilo, deu de ombros, levantou da poltrona e foi se afastando. No que passou pelo hóspede, ele a olhou brevemente, sem reparar muito, apenas para lhe cumprimentar com um aceno de cabeça. O homem sorria, e encarava um Youssef que ainda não havia recuperado a cor das faces.

Chegou perto do velho, sempre sorrindo. Ele se recuperou um pouco e murmurou:

– Paulo...?

– Olá, seu Youssef! É uma alegria rever o senhor.

· 6 ·
Flora e os gêmeos

Na tentativa de se entender no mundo, entender a si mesma, Flora às vezes parava e pensava:

"Moro numa casa antiga, repleta de histórias. Uma casa enfiada no centro histórico de uma cidade também antiga e também repleta de histórias. Fui criada por um pai que, toda vez que ia ler para mim, eram aquelas histórias árabes, das *Mil e uma noites*, que ele iniciava dizendo: 'Certa vez, o destino, esse mesmo que brinca de brincar com nossas vidas, resolveu fazer da existência daquele homem (um personagem qualquer, um pescador pobre, um pastor, o que fosse...) uma história. Vai daí...'. Só podia dar nisso mesmo", concluía Flora. "Minha vida também é uma história!".

Enquanto Youssef e Paulo se reencontravam, Flora, ainda sem saber de nada, estava no pequeno escritório montado nos fundos da pousada. Sobre a mesa, um computador, mostrando planilhas de contabilidade nas quais Flora, por alguma razão, não conseguia prestar atenção. Ultimamente, vinha se sentindo agoniada. Nada muito intenso, uma coisa qualquer apertando logo abaixo dos seios. Uma sensação que ela não queria aceitar, mas por vezes, com um arrepio, chamava também de *pressentimento*. "Bobeira pura!", repreendia-se em pensamentos. "Pressentimento do quê?" E mais: "A única coisa que pode ir muito errada são estas contas, se eu não checar tudo direito!".

Mas, a contragosto, se via refazendo a história de sua vida, revendo *flashes*... Às vezes, o que vinha a sua mente a fazia sorrir, mesmo que tristemente. Noutras, seu rosto ficava tenso, como se quisesse afastar algum pensamento... Ou pelo menos não trazê-lo de volta.

Um dia, com dez anos mais ou menos, se dera conta de que existiam na mesma cidade em que ela nascera e morava dois meninos mais velhos, muito, muito iguaizinhos. Tão iguais que ninguém sabia quem era um ou quem era outro. E justamente o que chamou a atenção deles naquela pirralha nariguda, gordinha ("Só um pouco gordinha, ora!"), com olhos cor de azeitona e boca carnuda era que ela, e só ela, chamava sem errar um de *Pedro* e o outro de *Paulo*, como se enxergasse entre os dois diferenças que ninguém mais via.

No princípio, achavam graça. E dois garotos já praticamente adultos – dezenove anos – não podiam mesmo achar mais nada. Mas, engraçado foi a história que isso deu porque, quando a menina tinha quinze anos, e eles vinte e quatro, de tanto que ela já havia atirado conchas neles na praia, de tanto que os perseguira, até mesmo no cais dos pescadores onde o barco de seu Simão ancorava, eles finalmente, numa noite, pescando no barco do pai bem para dentro do mar, um soltou, sem antes nem depois:

– Aquela menina é uma chata!

E o outro, já sabendo do assunto, respondeu:

– Muito chata mesmo!

Ficaram em silêncio por alguns minutos. Tanto que alguém de fora poderia até pensar que a conversa terminara, que o assunto morrera, ou que nem havia deslanchado, de tão curto, e que a pesca ali era o que importava.

Mas não.

– Tá... – disse enfim um deles. – Então, como é que a gente fica?

Os dois gêmeos se entendiam tanto que bastara aquele pouco para confirmar o que ambos já suspeitavam. Um já farejara a paixão do outro. Os dois pela mesma garota: Flora.

Uma situação preocupante. E já havia mais gente percebendo...

– No romance – ria-se Simão, numa das conversas com Youssef, anos e anos antes –, já em meninos Pedro e Paulo queriam assassinar um ao outro. A mãe, Natividade, morria de preocupação...

> *Aos sete anos eram duas obras-primas, ou antes uma só em dois volumes, como quiseres. Em verdade, não havia por toda aquela praia, nem por Flamengos ou Glórias, Cajus e outras redondezas, não havia uma, quanto mais duas crianças tão graciosas.*
>
> *(...) Paulo era mais agressivo, Pedro mais dissimulado, e, como ambos acabavam por comer a fruta das árvores, era um moleque que a ia buscar acima, fosse a cascudo de um ou com promessa de outro.*
>
> *(...) Em verdade, qualquer outra viveria a tremer pela sorte dos filhos, uma vez que houvera a rixa anterior e interior. Agora as lutas eram mais frequentes, as mãos cada vez mais aptas, e tudo fazia recear que eles acabassem estripando-se um ao outro...*

– Não sei o que lhe deu na cabeça, Simão! Pôr nos seus filhos esses nomes...

– E acaba que eles encontram uma Flora... O destino, hein?

– Coisa das *Mil e uma noites*!

– Ah, Flora... – E Simão folheava *Esaú e Jacó*, procurando trechos sobre a moça.

Quem a conhecesse por esses dias, poderia compará--la a um vaso quebradiço ou à flor de uma só manhã, e teria matéria para uma doce elegia.

(...) Flora, aos quinze anos, dava-lhe para se meter consigo. Aires, que a conheceu por esse tempo, em casa de Natividade, acreditava que a moça viria a ser uma inexplicável.

– Como diz? inquiriu a mãe.

– Verdadeiramente, não digo nada, emendou Aires; mas, se me permite dizer alguma cousa, direi que esta moça resume as raras prendas de sua mãe.

– Mas eu não sou inexplicável, replicou D. Cláudia sorrindo.

– Ao contrário, minha senhora. Tudo está, porém, na definição que dermos a esta palavra. Talvez não haja nenhuma certa. Suponhamos uma criatura para quem não exista perfeição na terra, e julgue que a mais bela alma não passa de um ponto de vista; se tudo muda com o ponto de vista, a perfeição...

– Não tem nada a ver com minha filha! – reclamou Youssef. – Minha Flora sabe muito bem o que quer!

– Você acha... – arriscou Simão, preocupado – que ela já se decidiu por um dos dois?

– Mas do que você está falando, seu doido? – protestou Youssef, na época. – Ela só tem quinze anos! É uma criança!

Os dois amigos, Youssef agora respirando rápido, de pura irritação, mantiveram-se em silêncio por um instante. Foi Simão que tentou dispersar o clima:

— No livro, era fim do Império, e já se falava em proclamação da República. Pois não é que os gêmeos brigavam até por isso? Pedro defendia a Monarquia, Paulo virou republicano. Não se dizia na época que os políticos de um lado e do outro eram tudo farinha do mesmo saco?

— Isso é uma das coisas de que eu mais gosto nesse livro! — animou-se Youssef. — Tem muita história do Brasil...

— Ora — desdenhou Simão. — Machado era um gozador, não perdoava picaretas. Para ele, os acontecimentos da política da época eram matéria-prima de piada! Nada mais!

— E são o quê, hoje em dia? — riu-se Youssef. — Lembra aquela história das *tabuletas do Custódio*? Podia muito bem acontecer aqui com a gente...

Lembrava mais ou menos, e foi tentando puxar pela memória. Custódio, personagem de *Memorial de Aires*, tinha uma confeitaria, da qual Aires era frequentador. Chamava-se *Confeitaria do Império*. Vai que, então, Custódio descobre que a tabuleta de seu estabelecimento, feita de madeira, estava podre, se desfazendo. Lamentando o gasto, mandou fazer outra. Então, aconteceu uma surpresa: um belo dia, a República foi proclamada, a cidade se agitou. O povo mal ficou sabendo do que aconteceu, nem mesmo Aires andava muito ligado... Monarquia ou República, República ou Monarquia, tanto fazia. O país em nada iria mudar.

Ah, sim, Youssef se lembrava das boas gargalhadas que dera ao ler esse episódio...

TABULETA NOVA

Custódio (...) Não sabia que buscasse; faltava-lhe in-

venção e paz de espírito. Se pudesse, liquidava a confeitaria. E afinal que tinha ele com política? (...)
– Mas o que é que há? perguntou Aires.
– A República está proclamada.
– Já há governo?
– Penso que já; mas diga-me V. Ex.ª: ouviu alguém acusar-me jamais de atacar o governo? Ninguém. Entretanto... Uma fatalidade! Venha em meu socorro. (...) A tabuleta está pronta, o nome todo pintado. "Confeitaria do Império", *a tinta é viva e bonita. (...) V. Ex.ª crê que, se ficar "Império", venham quebrar-me as vidraças?*
(...)
– Mas pode pôr "Confeitaria da República"...
– Lembrou-me isso, em caminho, mas também me lembrou que, se daqui a um ou dois meses, houver nova reviravolta, fico no ponto em que estou hoje, e perco outra vez o dinheiro.
– Tem razão... Sente-se.
(...) *Continuou a implorar o socorro do vizinho. (...) Aires propôs-lhe um meio-termo, um título que iria com ambas as hipóteses,* – "Confeitaria do Governo".
(...)
– Olhe, dou-lhe uma ideia, que pode ser aproveitada, e, se não a achar boa, tenho outra à mão, e será a última. Mas eu creio que qualquer delas serve. Deixe a tabuleta pintada como está, e à direita, na ponta, por baixo do título, mande escrever estas palavras que explicam o título: "Fundada em 1860". Não foi em 1860 que abriu a casa?
(...)
– A outra ideia não tem a vantagem de pôr a data à fundação da casa, tem só a de definir o título, que fica

sendo o mesmo, de uma maneira alheia ao regime. Deixe-lhe estar a palavra império *e acrescente-lhe embaixo, ao centro, estas duas, que não precisam ser graúdas:* das leis. *Olhe, assim, concluiu Aires, sentando-se à secretária, e escrevendo em uma tira de papel o que dizia.*

(...) Disse-lhe então que o melhor seria pagar a despesa feita e não pôr nada, a não ser que preferisse o seu próprio nome: "Confeitaria do Custódio".

(...)

– Sim, vou pensar, Excelentíssimo. Talvez convenha esperar um ou dois dias, a ver em que param as modas, disse Custódio agradecendo.

Curvou-se, recuou e saiu. Aires foi à janela para vê-lo atravessar a rua. Imaginou que ele levaria da casa do ministro aposentado um ilustre particular que faria esquecer por instantes a crise da tabuleta. Nem tudo são despesas na vida, e a glória das relações podia amaciar as agruras deste mundo. Não acertou desta vez. Custódio atravessou a rua, sem parar nem olhar para trás, e enfiou pela confeitaria dentro com todo o seu desespero.

– Quer dizer... – teimou Simão, debochado – que você acha que o mais interessante nesse livro é Machado insinuar que essas firulas políticas da época não são importantes?

– Quem disse que você sabe o que eu acho, hein?

– Mas que você dá pouca importância às histórias com Flora, da dor da moça, da rivalidade destrambelhada dos gêmeos...

– Quem disse? Quem disse?

Ficaram em silêncio, de novo trocando chispas pelo olhar, e então Youssef disse – um pouco que confessando algo embaraçado, contrariado:

– Eu não tenho a menor ideia se a nossa Flora gosta mais da Monarquia ou da República. É que nem no *Esaú e Jacó…*

NÃO ATA NEM DESATA
Enquanto indagavam dela em Petrópolis, a situação moral de Flora era a mesma, – o mesmo conflito de afinidades, o mesmo equilíbrio de preferências. (…)

Assim passaram algumas semanas desde a subida de Natividade. Quando Aires vinha ao Rio de Janeiro, não deixava de ir vê-la a S. Clemente, onde a achava qual era dantes, salvo um pouco de silêncio em que a viu metida uma vez. (…) Aires voltou ainda algumas vezes na mesma semana. Flora aparecia-lhe com a alegria costumada, e, para o fim, a mesma alteração dos últimos dias.

Talvez a causa daquelas síncopes da conversação fosse a viagem que o espírito da moça fazia à casa da gente Santos. (…)

Tudo estava acabado. Era só escrever no coração as palavras do espírito, para que lhe servissem de lembrança. (…)

Apesar de tudo, não acabava de entender a situação, e resolveu acabar com ela ou consigo. Todo esse dia foi inquieto e complicado. (…)

Como tudo isso se combinava, não sei, nem ela mesma. Ao contrário, Flora parecia, às vezes, tomada de um espanto, outras de uma inquietação vaga, e, se buscava o repouso de uma cadeira de balanço, era para o deixar logo. Ouviu bater oito horas. Daí a pouco, entrariam provavelmente Pedro e Paulo. Teve lembrança de ir dizer à mãe que a não mandasse chamar; estava de cama. Essa ideia não durou o que me custa escrevê-la, e aliás já lá vai na outra linha. Recuou a tempo.

– Que problema. Isso talvez não acabe bem, Youssef...
– Eu sei – replicou o outro, desolado.
– Só não pode ficar que nem no livro...
– É, Simão, não pode.

E ambos os amigos emitiram um longo suspiro juntos, como se tivessem combinado. Daí, descansaram no colo cada qual seu volume de *Esaú e Jacó*, cruzaram as mãos sobre a barriga e ficaram procurando algo para ver no teto.

Anos, anos depois, agora...

E só depois de muito sonhar de olhos abertos, Flora começava a tirar os véus de seu *pressentimento* daquela sensação estranha. Não, é claro, que adivinhasse a cena que ocorria naquele instante, lá embaixo, entre seu pai e um dos personagens daquela história de amor e tristeza tão antiga. Não, não adivinhava nada. Mas a sensação se tornara mais nítida, sem disfarces. E havia esse passado que não se perde. Nunca. Que nem bem parece passado, vez por outra.

· 7 ·
Esse Paulo

Seu Youssef sentiu uma palpitação no peito, um quase medo, uma quase vontade de não acreditar nos próprios olhos, mas logo, recuperado, rosnava:

— Fantasma, quando volta do túmulo, avisa. Ainda mais quando aparece para um velho já pifado, de oitenta e dois anos.

— Não fui eu que fui para o túmulo, seu Youssef. Ainda não.

Youssef baixou os olhos um instante. De fato, cometera um deslize. Mas, a seguir se ergueu e, com os olhos marejados e as mãos trêmulas, chamou Paulo para si. Ele atendeu ao chamado e curvou-se sobre o velho libanês, que o abraçou vigorosamente.

— Meu bom Deus! Nunca esperava ver você de novo!

Ficaram ali, no meio da biblioteca, naquele abraço de matar saudades de dezesseis anos. Paulo também estava com os olhos úmidos e os enxugou disfarçadamente, com uma passada rápida das costas da mão. Percorreu as prateleiras ao redor com o olhar:

— Sempre o imaginei aqui, na biblioteca, quando pensava no senhor. No senhor e... no papai!

Youssef por alguns segundos prendeu a respiração, na expectativa do que o filho do seu maior amigo falaria. Mas Paulo piscou, tentou afastar a ideia perturbadora que o havia alcançado instantes antes, tentou sorrir...

– Eu me arrependi tarde demais. Deveria ter voltado.
– Deveria. Tinha uma boa razão para isso...
– Flora.
– Flora! – assentiu seu Youssef.

E Paulo sentou numa poltrona junto dele, os dois homens olhando fixamente um para o outro, como se ainda não acreditassem estar frente a frente. Paulo sorriu, com tristeza. O carinho que nutria por aquele velho o fazia sentir como se não tivesse ficado tantos anos sem vê-lo.

– Papai morreu de desgosto – disse ele, esvaziando o peito numa única lufada.
– E você culpou a gente?
– Não! Como puderam pensar isso?
– Mas, se você simplesmente foi embora, não explicou nada a ninguém. Deixou tudo para trás... Abandonou a nós todos!

Paulo esfregou as mãos, que estavam suadas agora. E isso apesar de ser um final de noite meio frio, o cheiro de chuva misturado à maresia entrando pelas janelas do salão e se pegando à madeira das paredes.

– Eu culpei a mim mesmo. Sempre!

A Flora de *Esaú e Jacó* não conseguia se decidir entre Pedro e Paulo.

Já a Flora de Paraty, uma bela tarde, anos e anos atrás, chegou e disse:

– É você, Paulo.

Ela tinha vinte anos então; Paulo, vinte e nove. Foi isso acontecer e Pedro, no dia seguinte, estava bem cedo à espera

do irmão, junto do barco. No que ele chegou, Pedro beijou as duas faces dele, abraçou-o com a força de um touro – ambos eram bastante fortes – e disse, repetindo Flora:
– É você, Paulo.
A partir desse dia, afastou-se, deixou-os um com o outro.
Muita gente na cidade lembrava ainda dessa história de amor de Pedro, Paulo e Flora. Cada um a contava de um jeito. Já seu Youssef não conseguia afastar a imagem de um destino brincalhão, mas também cruel, que resolvera reescrever com aqueles três jovens que se amavam com tamanha intensidade a história de *Esaú e Jacó* – embora maldosamente trocando os papéis dos personagens...

Flora adoeceu levemente; D. Rita, para não alarmar os pais, cuidou de a tratar com remédios caseiros; depois, mandou chamar um médico, o seu médico, e a cara que este fez não foi boa, antes má. (...)

Flora ia assim passando os dias. Queria Natividade sempre ao pé de si (...). Estava ali o ventre abençoado que gerara os dois gêmeos. (...) Quando Flora adormecia, Natividade ficava a contemplá-la, com o rosto pálido, os olhos fundos, as mãos quentes, mas sem perder a graça dos dias de saúde. (...)

A doente fechou os olhos, abriu-os daí a pouco, e pediu que vissem se estava com febre. Viram; tinha, tinha muita.
– Abram-me a janela toda.
(...)
E foi abrir, não toda, mas metade da janela. Flora, posto que já mui caída, fez esforço e voltou-se para o lado da luz. (...) A gente entrava no quarto devagar e abafando os passos, trazendo recados e levando-os; fora, espreitavam o médico.

Pedro era médico, propôs-se a ir ver a enferma; Paulo, não podendo entrar também, ponderou que seria desagradável ao médico assistente; além disso, faltava-lhe prática. Um e outro queriam assistir ao passamento de Flora, se tinha de vir. A mãe, que os ouviu, saiu à sala, e, sabendo o que era, respondeu negativamente. Não podiam entrar; era melhor que fossem chamar o médico.
– Quem é? perguntou Flora, ao vê-la tornar ao quarto.
– São os meus filhos que queriam entrar ambos.
– Ambos quais? perguntou Flora.
Esta palavra fez crer que era o delírio que começava, se não é que acabava, porque, em verdade, Flora não proferiu mais nada. Natividade ia pelo delírio. Aires, quando lhe repetiram o diálogo, rejeitou o delírio.

– Daí – emendou Paulo, olhos vermelhos, ora cravados em seu Youssef, ora vagando pelas lembranças que aquela biblioteca lhe trazia –, quando Flora e eu nos casamos, e o Pedro partiu daqui sem nem se despedir...

– Hum – bufou seu Youssef. – É o jeito de vocês. Jeito de pescador.

– Eu entendi o que ele estava sentindo. Sabia que ele tinha feito aquilo para não se torturar me vendo casado com a Flora. A gente gostava demais dela, os dois. Acho que eu ia sentir que nem meu irmão. Não ia aguentar. Melhor era ir embora e procurar fazer a vida em outro lugar. Mas o papai não suportou.

– Não, nunca, eu sei... A gente conversava.

Youssef se calou. A história toda ainda era muito sofrida. Paulo e Flora se casaram, e no dia seguinte, antes do sol nascer, Pedro já partira, sem avisar ninguém, de Paraty. Tentaram localizá-lo por dois anos. Daí, chegou a notícia... Pedro morrera num acidente de ônibus na estrada, pouco depois de deixar a cidade. Levara todo esse tempo para que alguém se preocupasse em localizar a família e avisar.

– Ele morreu sozinho, como se não tivesse ninguém no mundo – murmurou Paulo... – Eu não me conformava, seu Youssef, não me conformava!

Então, outro golpe... Simão, um dia depois de receber a notícia da morte do filho, não acordou do seu sono. Tinha sessenta e oito anos. Pela primeira vez, em décadas, não conduziu seu barco para os poços de pesca que só ele conhecia, no mar. Nem, ao cair da noite, depois de tanto tempo, foi visitar seu Youssef para um papo sobre livros ou uma partida de xadrez...

– Daí, eu fui embora. Nem sei o que me deu na cabeça quando arrumei a mala e parti, sem dizer nada também, como fez o Pedro. Eu só queria... sei lá. Fugir, o que mais? Pensei em voltar uma vez, ano e meio depois, mas não conseguia ainda. Quis de novo voltar, um tanto mais tarde, mas aí fiquei sem coragem... Era tarde para voltar. Ia dizer o quê? Já fazia mais de cinco anos...

Seu Youssef apertou os olhos:

– Filho, você largou o que tinha por causa do que não tinha mais... Não foi muito esperto.

– Eu não estava conseguindo ser muito esperto.

Youssef assentiu. Já sentira raiva daquele homem que estava à sua frente, pelo tanto que ele fizera sofrer sua Flora. Mas, agora, não mais... "O destino", pensava o velho, com a sabedoria que tinha o aroma de tâmaras e o cheiro de deserto, "o destino faz e desfaz...".

– Eu sei – continuou Paulo – que Flora já deve ter reconstruído sua vida. Não se preocupe, seu Youssef, não vim aqui para atrapalhar nada. Sei que Flora está casada, e que eles têm uma filha...

– Como? – exclamou o velho, levando um susto.

– Eu não vou...

– Paulo! Você não sabe de nada! Você... – Com custo Youssef conseguiu de novo controlar a emoção. – Quando você foi embora, Flora não tinha conhecimento ainda... Nãima nasceu... menos de oito meses depois e...

Paulo se levantou de um pulo da poltrona, o peito quase explodindo.

• 8 •
Estado de sítio

Nãima estava trancada em seu quarto. Já naquele "Flora adoeceu docemente", suspeitou do que ia acontecer. Ou talvez, tenha sido um comentário do avô...

– Machado é tão genial que não tem escola literária. Tem quem diga que ele é realista... um escritor do Realismo. Principalmente nesses dois romances, *Esaú e Jacó* e *Memorial de Aires*, que se passam num momento tão comentado da história do Brasil. Mas Machado é realista e *também* muito mais do que realista. É um escritor que combina várias tradições da literatura. Olha só essa Flora. Ela é um personagem *romântico*. Ela, e essa história de amor dela com Pedro e Paulo, podiam estar em qualquer romance do Romantismo mais tradicional, daqueles bem sentimentais, que os realistas criticavam, desses bem tristes, bem populares para a época, em que o amor tem um final trágico e...

– Mas por que ela não mandou os dois gêmeos pro diabo? – cortou Nãima. – Ela está sofrendo, sofrendo, e os dois só se importam mesmo com a disputa deles, não com ela! Será que eles amam mesmo ela, vovô? Alguns deles ama...? Ou o problema de um é o outro e mais nada?

E assim foi naquele princípio de noite, depois que deixou o avô.

Nãima começou a chorar à medida que a história corria em suas mãos – e foi isso que a levou a se trancar no quarto. Chorar sozinha, ainda vai, mas com o risco de ser flagrada por Téo, isso nunca.

Então, a história foi se fechando, Flora cada vez mais sitiada, cada vez mais evidente que tinha um destino romântico a cumprir, até que...

A morte não tardou. Veio mais depressa do que se receava agora. Todas e o pai acudiram a rodear o leito, onde os sinais da agonia se precipitavam. Flora acabou como uma dessas tardes rápidas, não tanto que não façam ir doendo as saudades do dia; acabou tão serenamente que a expressão do rosto, quando lhe fecharam os olhos, era menos de defunta que de escultura. As janelas, escancaradas, deixavam entrar o sol e o céu.

(...)

Não há novidade nos enterros. Aquele teve a circunstância de percorrer as ruas em estado de sítio. Bem pensado, a morte não é outra cousa mais que uma cessação da liberdade de viver, cessação perpétua, ao passo que o decreto daquele dia valeu só por 72 horas. Ao cabo de 72 horas, todas as liberdades seriam restauradas, menos a de reviver. Quem morreu, morreu. Era o caso de Flora; mas que crime teria cometido aquela moça, além do de viver, e porventura o de amar, não se sabe a quem, mas amar? Perdoai estas perguntas obscuras, que se não ajustam, antes se contrariam. A razão é que não recordo este óbito sem pena, e ainda trago o enterro à vista...

— Coitadinha! – soluçou a garota durona, na segurança do seu quarto, a portas fechadas.

No escritório de administração da pousada, no andar de baixo, por essas obras do tal destino, o maior de todos os autores, outra pessoa folheava seu volume de *Esaú e Jacó*, e detеve-se no mesmo trecho. Flora. A mulher, entretanto, não chorou – já havia chorado demais por conta dessas histórias, a dela e a dos dois livros, que pareciam tecidas num mesmo tapete, e por fios caprichosos, que haviam cismado de se enroscar. Flora, mãe de Nãima, em vez de chorar, lembrou-se justamente desse tanto que já chorara e acariciou a moldura em metal batido do porta-retratos à sua frente, sobre a mesa. Nela, estava Zeca, seu marido, carregando no colo uma Nãima de oito anos, em meio a uma gargalhada, feliz como se estivesse num carrossel.

No outro extremo daquele andar, Paulo, mãos tremendo, em pé porque fora atravessado por uma descarga elétrica, encarava seu Youssef. O velho não sabia mais o que dizer. Mas, de fato, nem precisava dizer nada mais. A frase que interrompera desabara sobre Paulo como uma chuva de pedras.

A notícia da morte do irmão, que partira de Paraty para se afastar dele e de Flora... A morte do pai... Sua fuga, abandonando a esposa, tudo... E Flora estava grávida. Nem ele nem ela sabiam. Ele fugira, nunca mais dera notícias, sua filha crescera sem ele sequer saber que ela existia. Algo, então, que Paulo perdera por ter fugido da dor, do atordoamento... E acabara de vê-la, cruzando o salão à sua frente. Poderia até mesmo tê-la tocado. Nãima não era filha de Zeca e Flora. Era filha dele!

— E só agora eu a conheço – gemeu Paulo. – Que ironia... Só agora!

— Ironia... por quê? – balbuciou Youssef, alamardo.

E recebeu em resposta o olhar mais dolorido que já vira em oitenta e dois anos de vida.

· 9 ·
O Memorial

ADVERTÊNCIA

Quem me leu Esaú e Jacó *talvez reconheça estas palavras do prefácio: "Nos lazeres do ofício escrevia o* Memorial, *que apesar das páginas mortas ou escuras, apenas daria (e talvez dê) para matar o tempo da barca de Petrópolis".*

Referia-me ao Conselheiro Aires. Tratando-se agora de imprimir o Memorial, *achou-se que a parte relativa a uns dois anos (1888-1889), se for decotada de algumas circunstâncias, anedotas e reflexões – pode dar uma narração seguida, que talvez interesse, apesar da forma de diário que tem. Não houve pachorra de a redigir à maneira daquela outra, – nem pachorra, nem habilidade. Vai como estava, mas desbastada e estreita, conservando só o que liga o mesmo assunto. O resto aparecerá um dia, se aparecer algum dia.*

M. de A.

— Ele é um sonso! – protestava Youssef. – Quem é esse tal de "M. de A."? Machado de Assis? Mas um Machado de Assis que está de posse de um livro escrito por um personagem? (*Um personagem do próprio Machado de Assis*, diga-se de passagem.) E corta aqui e ali o texto para publicá-lo? Isso é como naquelas salas de espelho, nos parques de diversões. Um espelho em frente do outro, daí a gente entra entre os dois e é pego numa imagem que se reproduz ao infinito. Esse "M. de A." é tão personagem quanto o Aires, mas disfarçado de Machado de Assis, o escritor... Quanta firula, hein, seu Simão!

O pescador sorria, irônico, e simulou um suspiro de desolação:

– Ai, ai... Sabe o que estou ouvindo? Meu amigo turco reclamar que o Machado é genial demais para o seu gosto!

– Eu sou libanês!

– E não quer reconhecer que está babando com essas... *firulas*.

Os dois fizeram uma pausa. Uma trégua. Encararam-se desafiadoramente. De repente, ambos estavam dando risadas.

– O *Memorial de Aires*... – prosseguiu provocativamente Simão – não tem apenas o mesmo personagem a contar ambas as histórias, o Conselheiro Aires. Há um diálogo qualquer entre os dois livros, que ninguém ainda desvendou totalmente. E mesmo com a sua birra, caro amigo *das Arábias*, você intimamente reconhece isso. Ainda há algo de misterioso e absolutamente miraculoso na articulação desses dois livros.

– Ora... *Memórias póstumas de Brás Cubas* e *Quincas Borba* também têm um personagem importante em comum, Quincas Borba. Num, ele é o mentor filosófico de Brás Cubas, que é justamente o protagonista de *Memórias póstumas*. No outro, é o cara que passa ao Rubião o cachorro que batizou com seu próprio nome e que doa sua fortuna (e sua loucura), tudo num pacote só. E é assim que se inicia o drama de *Quincas Borba*. Você mesmo já me disse que, dos últimos cinco romances de Machado, talvez *D. Casmurro* seja o único romance *solo*. Mas e daí?

– Daí... Mais segredos a se desvendar. Ou, talvez, daí, nada. Um blefe... Um lance para desviar a atenção. Quem sabe?

– Você é que está tentando blefar comigo – reclamou Youssef. Mas, pensativo, percorreu com os olhos sua biblioteca, então confessou: – Sabe... Tem um pequeno trecho no *Memorial* em que Aires está indo para Petrópolis e encontra um conhecido, o desembargador Campos, no trem. Os dois conversam, Campos fala bem de usar o trem, do tempo que se poupa. Aires pensa na subida em carros puxados a burro, da viagem inteira pensando na vida, e lembra consigo mesmo, com saudade...

– ... "do tempo que se perde"... Sei, sim. No que está pensando, meu amigo?

– Ora... Justamente no tempo que se perde. E em tudo o mais que a gente perde. O progresso tem um preço. Inovações, novidade, ou como dizem hoje em dia... tecnologia. São um dos encantos do mundo. Mas, e o que se perde? E o tempo que deixava a gente mais relaxado para viver nele, abrigado por ele, e não tentando brigar contra ele, contra a sua passagem, devorá-lo...

– Ah, você hoje está um poeta.

– O que eu sinto... – e Youssef mediu as palavras... – é que foi como se Machado tivesse sentido um novo tempo chegando. A eletricidade, as máquinas, as descobertas da ciência, da medicina... coisas que só iam aparecer de vez algumas décadas depois. Mas ele pressentiu que a vida e o país iam mudar. Para onde e como, ora, ele não era profeta para adivinhar. Mas sentiu algo se movendo, se transformando...

– Tem um trecho de uma carta dele que é bem isso... Onde está? – Simão se ergueu, foi até a prateleira, puxou outro volume de Machado, folheou-o. – Aqui: "Quanto ao século, os médicos que estão presentes ao parto reconhecem que este é difícil, crendo uns que o que aparece é a cabeça do XX, e outros que são os pés do XIX. Eu sou pela cabeça, como sabe". Ele escreveu isso a um amigo, José Veríssimo, numa carta no comecinho de janeiro de 1900...

– Bem na virada para o século XX. Isso, ele assistiu ao nascimento do novo século, e isso o deixou... como se diz... *encucado*! Imagine as expectativas... Havia quem pensasse que o homem ia conseguir finalmente construir o paraíso na Terra... o fim da miséria, das doenças...

– Hum! Íamos precisar de uma humanidade nova!

– Pessimista! – rosnou Youssef.

– É que aí – filosofou o velho pescador, com os olhos perdidos como se estivessem observando o alto-mar –, veio a Primeira Guerra... batalhas em que morriam um milhão de pessoas em alguns dias, afundadas na lama das trincheiras. A humanidade, principalmente no Ocidente, ficou horrorizada. Quer dizer... Nunca imaginou que ela própria seria capaz de promover um crime tão medonho e em tão grandes proporções... Como ainda hoje acontece!

– Bem como ele previu. Muita coisa na vida mudou. Outras, não. Muita coisa foi ganho. Outras foram perda... Creio que é disso também que falam esses romances, *Esaú e Jacó* e o *Memorial*.

– E eu creio – disse Simão, agora sentando ao pé do tabuleiro de xadrez e convidando Youssef, com um gesto, a ocupar o assento oposto – que é isso que a gente tenta negociar com o tempo, aqui em Paraty. Perder menos... deixar os sobrados e as pedras pé de moleque em paz... como o nosso espírito.

– Oxalá! – disse Youssef, sentando-se. Sua mão deteve-se sobre o tabuleiro por um instante, depois avançou o peão do cavalo do rei para a casa três. Não era uma de suas aberturas de jogo habituais. Simão soergueu a sobrancelha. Youssef cofiou o grosso bigode sem conseguir reprimir um sorrisinho debochado. Na hora, lhe ocorreu que também Machado, com suas advertências, uma conversando com a outra como numa brincadeira ou num jogo entre seus dois últimos romances de personagens enigmáticos e narradores excêntricos, propunha uma partida de xadrez aos seus leitores. Machado era apaixonado pelo xadrez, e quem pode dizer que não tentara propor uma abertura inesperada nessas advertências, uma abertura que apanhasse os leitores – tão adulados da boca para fora – de surpresa?

Do mesmo modo que Youssef estudara e estivera praticando como pegar o amigo numa armadilha.

· 10 ·
O que os homens chamam de amor...

Por que se lembrara dessa história tão antiga, da armadilha e do jogo de xadrez?

Porque toda armadilha tem uma isca... E quando a presa incauta entra nela não consegue mais sair.

Isso no xadrez, em histórias de Machado de Assis... e com Nãima.

Desafiá-la – Youssef sabia bem disso – era a melhor maneira de atraí-la.

– Sabe aquele verso do Vinicius... "ter medo de amar não faz ninguém feliz"? Está em "Medo de amar", uma canção, lembra?

– O que tem a ver? – espevitou-se Nãima.

– A música e a letra, não muito... Mas esse verso tem tudo a ver com o Conselheiro Aires. É sobre a dor e o risco de amar... E sobre querer se esconder desse risco por medo de sofrer. O *Memorial* é um livro que expõe a gente a esse risco... Torna a dor de viver da história e dos personagens muito próxima. Daí o perigo é doer na gente, entendeu?

– Vovô... Você está dizendo que eu não tenho coragem de ler esse livro?

– Não... estou dizendo que ele fala de amor. E que amor às vezes traz dor. Diversas formas de dor. A da perda, por exemplo... O *Memorial* também fala de sentir essa dor. De se arriscar a ela. Tem gente que não quer correr o risco. Que tem mais medo da possibilidade de dor do que de assombração.

– Eu não tenho medo de porcaria nenhuma! – berrou Nãima, empinando o nariz... justamente como seu avô achou que ela faria.

E deu no que deu: Nãima começou a ler o *Memorial de Aires*, e tanto gostou que quase brigou sério com Téo para que o *Memorial* e *Esaú e Jacó* fossem os livros adaptados pelo grupo de teatro (que por sinal ainda não tinha nome, e era essa uma discussãozinha que ainda não haviam resolvido) para a Flipinha daquele ano.

9 DE JANEIRO

Ora bem, faz hoje um ano que voltei definitivamente da Europa. O que me lembrou esta data foi, estando a beber café, o pregão de um vendedor de vassouras e espanadores: "Vai vassouras! vai espanadores!" Costumo ouvi-lo outras manhãs, mas desta vez trouxe-me à memória o dia do desembarque, quando cheguei aposentado à minha terra, ao meu Catete, à minha língua. Era o mesmo que ouvi há um ano, em 1887, e talvez fosse a mesma boca.

Durante os meus trinta e tantos anos de diplomacia algumas vezes vim ao Brasil, com licença. O mais do tempo vivi fora, em várias partes, e não foi pouco. Cuidei que não acabaria de me habituar novamente a esta outra vida de cá. Pois acabei. Certamente ainda me lembram cousas e pessoas de longe, diversões, paisagens, costumes, mas não morro de saudades por nada. Aqui estou, aqui vivo, aqui morrerei.

– O *Memorial de Aires* se passa dezoito anos depois do começo de *Esaú e Jacó* – explicava Nãima, que tinha ficado de apresentar o livro para o grupo de teatro. A reunião era no salão da pousada, como de hábito, no espaço da biblioteca.
– São os anos de 1888 e 1889, bem na proclamação da República, que também está em *Esaú e Jacó*. O *Memorial* não fala nada dos personagens do livro anterior, e aqui Aires já está aposentado, vivendo no Rio de Janeiro e parecendo não esperar, nem querer, mais surpresas da vida. Ele está *fechando as contas...* Ou pelo menos acha que está. O livro é escrito como se fosse um diário do conselheiro, é cheio de reflexões e comentários. Já bem no começo, o conselheiro vai encontrar um outro personagem bastante importante na história. Vamos dar uma lida? Faz um ano que Aires retornou ao Brasil, e a irmã dele, Rita, o chama para uma visita ao jazigo da família, no cemitério. Aconteceu então, na saída...

> *Rita orou diante dele alguns minutos, enquanto eu circulava os olhos pelas sepulturas próximas. (...)*
> *Já perto do portão, à saída, falei a mana Rita de uma senhora que eu vira ao pé de outra sepultura, ao lado esquerdo do cruzeiro, enquanto ela rezava. Era moça, vestia de preto, e parecia rezar também, com as mãos cruzadas e pendentes. A cara não me era estranha, sem atinar quem fosse. É bonita, e gentilíssima, como ouvi dizer de outras em Roma.*
> *– Onde está?*
> *Disse-lhe onde estava. Quis ver quem era. (...) Respondi-lhe que esperássemos ali mesmo, ao portão.*
> *– Não! pode não vir tão cedo, vamos espiá-la de longe. É assim bonita?*
> *– Pareceu-me.*
> *(...) A alguma distância, Rita deteve-se.*

– Você conhece, sim. Já a viu lá em casa, há dias.
– Quem é?
– É a viúva Noronha. Vamos embora, antes que nos veja.

– Puxa! – brincou Isaque, um dos garotos do grupo. – Ele conhece a gata num cemitério? Essa é que vai ser a namorada dele?
– Quem aqui falou em namoro? – ralhou Nãima.
– Ora, pensei... – foi dizendo Isaque, sem graça.
– Bem... – E Nãima desfez a zanga da expressão do rosto, que era mais charme do que outra coisa. – Não foi o único, sabia?

Já agora me lembrava, ainda que vagamente, de uma senhora que lá apareceu em Andaraí, a quem Rita me apresentou e com quem falei alguns minutos.
– *Viúva de um médico, não é?*
– *Isso; filha de um fazendeiro da Paraíba do Sul, o Barão de Santa-Pia.*
Nesse momento, a viúva descruzava as mãos, e fazia gesto de ir embora. Primeiramente espraiou os olhos, como a ver se estava só. Talvez quisesse beijar a sepultura, o próprio nome do marido, mas havia gente perto.

– Ainda tô achando que essa cena *dark-romântica* mexeu com o tal do conselheiro – teimou Isaque. – E se essa de ser viúva, toda chorosa, e aparecer no meio das tumbas na época fosse... sei lá... *ouriçante*?

Rita contou-me então alguma coisa da vida da moça e da felicidade grande que tivera com o marido, ali se-

pultado há mais de dois anos. Pouco tempo viveram juntos. Eu, não sei por que inspiração maligna, arrisquei esta reflexão:
— Não quer dizer que não venha a casar outra vez.
— Aquela não casa.
— Quem lhe diz que não?
— Não casa; basta saber as circunstâncias do casamento, a vida que tiveram e a dor que ela sentiu quando enviuvou.
— Não quer dizer nada, pode casar; para casar basta estar viúva.
(...)
Meti o caso à bulha; ela, depois de aceitar uma ordem de ideias mais alegre, convidou-me a ver se a viúva Noronha casava comigo; apostava que não.
— Com os meus sessenta e dois anos?
— Oh! não os parece; tem a verdura dos trinta.

Nãima registrou que precisava pedir ao avô para falar um pouco sobre o *Memorial* para o grupo de teatro. Ele tinha umas ideias que a neta achava bacanas, e que os ajudariam a compreender melhor a história. Dissera, por exemplo, que cemitério era um dos cenários de amor mais recorrentes no Romantismo, onde muitas histórias de amor impossível acabavam, com os apaixonados se erguendo da tumba, ou melhor, suas almas, enfim, de mãos dadas. E falou ainda que Machado adorava brincar com ícones da tradição da literatura, com aquilo que o público da época estava acostumado a ler nos romances da moda. Daí, quem sabe por isso, tenha inventado uma *viúva-tentação* de propósito.

Quem não estava gostando nada dos palpites de Isaque era o Téo. Tanto que o garoto ainda tentou outra piadinha, mas Téo o olhou com cara feia. Já estava achando o colega se metendo demais a engraçado com sua namorada...

Nãima prosseguiu as apresentações.

– Agora, vai entrar em cena outra dupla de personagens tremendamente importantes na história, os Aguiar. O conselheiro vai a um jantar em que se comemoram as bodas de prata do casal, na casa deles. O casal já não é jovem, não tem filhos, e adoram a Fidélia (é assim que se chama a tal viúva), e ela...

– Nãima! – zangou-se Téo. – Será que a gente pode ler, em vez de você contar a história?

A garota fuzilou-o com o olhar, mas retomou a leitura.

25 DE JANEIRO
Lá fui ontem às bodas de prata. Vejamos se posso resumir agora as minhas impressões da noite.

Não podiam ser melhores. A primeira delas foi a união do casal. Sei que não é seguro julgar por uma festa de algumas horas a situação moral de duas pessoas. (...)

Aguiar veio receber-me à porta da sala (...). É homem de sessenta anos feitos (ela tem cinquenta), o corpo antes cheio que magro, ágil, ameno e risonho. Levou-me à mulher, a um lado da sala, onde ela conversava com duas amigas. Não era nova para mim a graça da boa velha, mas desta vez o motivo da visita e o teor do meu cumprimento davam-lhe à expressão do rosto algo que tolera bem a qualificação de radiante. (...)

Fidélia e o tio foram os últimos chegados, mas chegaram. O alvoroço com que D. Carmo a recebeu mostrava bem a alegria de a ver ali. (...)

Ao vê-la agora, não a achei menos saborosa que no cemitério (...).

— *Saborosa*, é? — implicou Isaque. — Era o jeito de chamar uma gata de *gostosa* naquele tempo, não era? E sempre com o lance do cemitério junto. Esse cara é estranho!

— Vamos ler, tá? — protestou Nãima.

> *Parece feita ao torno (...). Tem a pele macia e clara, com uns tons rubros nas faces, que lhe não ficam mal à viuvez. Foi o que vi logo à chegada, e mais os olhos e os cabelos pretos; o resto veio vindo pela noite adiante, até que ela se foi embora. Não era preciso mais para completar uma figura interessante no gesto e na conversação. (...) Não pensei logo em prosa, mas em verso, e um verso justamente de Shelley (...):*
>
> I can give not what men call love.
>
> *Assim disse comigo em inglês, mas logo depois repeti em prosa nossa a confissão do poeta, com um fecho da minha composição: "Eu não posso dar o que os homens chamam amor... e é pena!"*
>
> *Esta confissão não me fez menos alegre.*

"É isso mesmo", pensou Nãima na hora. "O medo de amar não faz ninguém feliz..."

· 11 ·

"E num recanto pôs um mundo inteiro"

– A dor... o amor... – insistia frequentemente, naqueles dias, Youssef, quase para si mesmo, quando conversava com a neta sobre os dois livros. – Tem gente que diz que Flora, de *Esaú e Jacó*, morreu por não suportar se expor à dor da perda de um dos gêmeos... que ela na verdade queria ambos... e por isso não conseguiu decidir-se por um deles.

– Muito safadinha, a menina – comentou Nãima. – Bem que poderia ter escolhido melhor... Aqueles egoístas mimados pela mamãezinha deles! Nessa sua visão aí, a responsabilidade é toda dela. Ainda acho que ela morreu porque um gêmeo não foi competente o bastante para ganhar ela do outro. E a coitada não percebeu que os dois eram blefe.

– Menina! – exclamou Youssef. Não que estivesse realmente surpreso com as maneiras decididas da neta. Mas nem por isso deixava de se admirar. – O Téo que se cuide.

– Tá falando isso por quê? – Nãima voltou-se para ele.

– Paz, minha neta! Paz! O que eu queria mesmo dizer...

Youssef respirou fundo. Ia mostrar uma coisa a Nãima que sempre o emocionava. Que sempre lhe trazia aquela sensação ao mesmo tempo dolorida e suave, reconfortante... a saudade e o sentimento de proximidade, de tê-la ainda dentro de si, com ele... Sua esposa falecida, sua Hilal, a lua cheia da sua vida.

Doía lembrar, assim como lhe fazia bem lembrar... E assim como ele também sabia que jamais desejaria afastar a dor da saudade, se o preço fosse ter se privado de um dia qualquer com ela, desses que agora sofria por lhe sentir tanta falta.

A CAROLINA

Querida, ao pé do leito derradeiro
Em que descansas dessa longa vida,
Aqui venho e virei, pobre querida,
Trazer-te o coração do companheiro.

Pulsa-lhe aquele afeto verdadeiro
Que, a despeito de toda a humana lida,
Fez a nossa existência apetecida
E num recanto pôs um mundo inteiro.

Trago-te flores, – restos arrancados
Da terra que nos viu passar unidos
E ora mortos nos deixa e separados.

Que eu, se tenho nos olhos malferidos
Pensamentos de vida formulados,
São pensamentos idos e vividos.

– Que poema é esse? – indagou Nâima.
– Machado perdeu sua esposa, Carolina, depois de trinta e cinco anos de casados, em 1904. Foi um casamento muito feliz. Eram muito companheiros, muito ternos um com o outro,

um casamento excepcionalmente amoroso e amigo, fora dos padrões da época. Carolina estava lendo *Esaú e Jacó* quando morreu, e conta-se que Machado manteve o livro dela, com o marcador, na mesinha do lado da cama que ela ocupava. Assim como manteve o lado dela da cama sempre arrumado, como se aguardasse a esposa, e tudo o mais que ela deixou na casa permaneceu no mesmo lugar onde estava quando ela se foi. A vida de Machado depois da morte de Carolina foi tomada de intensas saudades, até mesmo de desalento. Esse soneto, "A Carolina", é um dos mais bonitos da nossa literatura. Machado o publicou em 1906.

Nãima, agora com os lábios tremendo (o avô sabia bem que o que ela tinha de durona às vezes tinha também de coração derretido...), releu o poema.

Youssef prosseguiu:

– No *Memorial de Aires*, já de 1908, o ano da morte de Machado, ele colocou muito do que era a vida dele com Carolina no casal Aguiar. E fez um bonito retrato da mulher na personagem Carmo. Num trecho, escreve: "tinha a inteligência fina, superior ao comum das outras, mas não tal que as reduzisse a nada. Tudo provinha da índole afetuosa daquela criatura. Dava-lhe esta o poder de atrair e conchegar". E não é o único trecho marcante. Até fisicamente, quando a gente olha os retratos de Carolina, há coincidência com a descrição de Carmo...

> *D. Carmo possui o dom de falar e viver por todas as feições, e um poder de atrair as pessoas, como terei visto em poucas mulheres, ou raras.*
>
> *(...)*
>
> *De quando em quando, ela e o marido trocavam as suas impressões com os olhos, e pode ser que também com a fala. Uma só vez a impressão visual foi melancó-*

lica. (...) *Um dos convivas, – sempre há indiscretos, – no brinde que lhes fez aludiu à falta de filhos (...). Ouvindo aquela referência, os dois fitaram-se tristes, mas logo buscaram rir, e sorriram. Mana Rita me disse depois que essa era a única ferida do casal. Creio que Fidélia percebeu também a expressão de tristeza dos dois, porque eu a vi inclinar-se para ela com um gesto do cálix e brindar a D. Carmo cheia de graça e ternura:*

– À sua felicidade.

(...)

O marido aceitou a sua parte do brinde, um pouco mais expansivo, e o jantar acabou sem outro rasto de melancolia.

(...) Eu deixei-me estar na sala, a mirar aquela porção de homens alegres e de mulheres verdes e maduras, dominando a todas pelo aspecto particular da velhice de D. Carmo, e pela graça apetitosa da mocidade de Fidélia; mas a graça desta trazia ainda a nota da viuvez recente, aliás de dois anos. Shelley continuava a murmurar ao meu ouvido para que eu repetisse a mim mesmo: I can give not what men call love.

– Daí... – destacou Youssef – numa hora nosso Aires, esse que se assusta com o que começa a sentir por Fidélia, escreve em seu diário que se deixa tocar pela "felicidade" da convivência de vinte e cinco anos do casal Aguiar. Mas, nesta descrição de agora, o que a gente nota é que ele se deixa tocar, também, por uma certa tristeza... pela dor. Então, corre de novo para a sua frase, o seu *slogan* em inglês, para se proteger. No entanto, talvez já seja tarde demais.

Youssef fez uma pausa, percorrendo com os dedos os cabelos da neta, como se tentasse medir a temperatura das reflexões que estava conseguindo despertar nela.

— Há muitas interpretações de *Esaú e Jacó* e *Memorial de Aires*, esses dois romances dos últimos anos de Machado. Uma é que talvez tenham este tema em comum: vale a pena se entregar de vez ao amor e se expor à perda de algo que se torne precioso, vital para nós? O desejo pelo amor e o risco da dor que o acompanha estão nos dois romances. É um dilema que persegue Aires. É a sua alma, exposta para nós, como só Machado de Assis sabe fazer.

— Bonito... — murmurou Nãima.

— O quê? — indagou suavemente seu avô.

— Enxergar a alma dos outros... assim... — Ela aproximou o rosto e juntou-o ao do avô, e os dois ficaram de mãos dadas por alguns instantes, relendo o soneto de Machado a sua esposa.

· 12 ·

A vida é boa

"Em um romance de Machado publicado em 1881, *Memórias póstumas de Brás Cubas*, o protagonista afirma na última frase: 'Não tive filhos, não transmiti a nenhuma criatura o legado da nossa miséria'. E bem queria ele comemorar isso como um ganho, uma conquista. Mas, para alguns, Brás Cubas soa como se não conseguisse convencer nem a si mesmo – seu humor tem um tanto de patético, de autocomiseração, de lamento, de amargura, como um pedido de socorro (é um defunto que conta sua história – e se estiver pedindo que o resgatem da morte?). Enfim, sua galhofa carrega sempre a melancolia, como anuncia o próprio Machado na introdução do romance. Já em *Memorial de Aires*, escrito vinte e sete anos depois, Machado não ousa ou já não precisa zombar (talvez por resignação) da dor por não ter tido filhos. Portanto, o Conselheiro Aires, que também não teve filhos nem os quis, não tenta se gabar disso. E observa bem o quanto a falta de filhos faz sofrer Carmo e seu amado marido, Aguiar. E o quanto, mais, muito mais ainda, a perda dos filhos adotados os lancina. Perder os filhos pode ser até pior do que não os ter – quem sabe o que esse drama de Carmo e Aguiar expressa do coração de Machado em seu último ano de vida? Ora, o Machado que tanto alegam que debochava das fraquezas da humanidade por meio de seus personagens, tão ácido e tão pessimista em relação à vida, como o chamaram tantos de seus críticos, escreve *Memorial de Aires* já sabendo que a morte estava chegando. O que há mais a temer? Por que não criar uma história em que a dor transpareça? A dor que assusta, em carne viva, mais lá na alma. Terá sido isso? Porém, a última frase testemunhada pelos amigos que rodeavam o leito de morte desse Machado de Assis que deu à luz o Conselheiro Aires foi 'a vida é boa'... Como entender essa aparente discrepância? Ou talvez nada haja aqui para se entender. Machado, como escritor habilidoso, com seus narradores que se encarregavam de contar a história ao jeito excêntrico de cada um, no lugar dele, pode simplesmente colocar o espírito que melhor combine com cada personagem para nos convencer, leitores, a sofrer com ele ou a odiá-lo, ou o que seja. Sim, quem pode saber?"

Flora encontrou esse comentário anotado à mão num papel já amarelado, enfiado no livro que lia, uma edição conjunta de *Esaú e Jacó* e *Memorial de Aires*. O papel marcava uma página entre os dois romances, e a letra para ela era desconhecida. Entretanto, teve um pressentimento de quem o haveria escrito – e por que a pessoa o guardara ali...

Sorriu, disposta a confirmar suas suspeitas depois. Recolocou o papel amarelado na página onde estava e ia fechar o livro, quando pressentiu alguém a observando e ergueu os olhos.

– É a letra de papai – disse o recém-chegado, os olhos fixos naquele pedaço de papel como se fosse com ele que estivesse falando.

Flora, também com os olhos fixos, mas no rosto do homem de pé à sua frente, murmurou, mansamente:

— Eu sabia...

— Reconheceu a letra dele? – perguntou Paulo.

— Não, adivinhei. Mas, o que eu sabia... era que um dia você ia entrar por essa porta... – Só então ela se ergueu da cadeira, e recuou dois passos para poder olhá-lo direito. Reconheceu sem dificuldade seus traços, apesar dos cabelos quase totalmente brancos de agora. Então, uma sombra que viu no rosto dele a agoniou, algo que sentiu naquele homem que amara tanto. Afastou o mau pressentimento. "Não é hora para começar a ver coisas", pensou.

— Esse livro era dele. Eu o via saindo de noite, vindo para cá, com esse volume debaixo do braço. Então... – Mas Paulo se deteve. Não era sobre seu pai nem sobre lembranças que tinha que conversar com Flora. Tomou fôlego e falou: – A menina... – Flora sorriu, algo triste; já sabia o que ele ia dizer. – Eu nunca soube. Agora mesmo, quando Youssef me contou...

— Como você poderia saber? – disse Flora, um tanto rispidamente. – Paulo, como você poderia saber?

— Tem razão... eu sumi. É uma história comprida...

Flora balançou a cabeça.

— Não... não precisa contar. Não dói mais... – E quando os dois firmaram os olhos um no outro, ela disse, suavemente: – Juro.

— A menina...

— Nãima.

— Ela... Nãima... pensa que eu morri ou o quê?

— Ela sabe o que eu soube dizer sobre você.

— Que eu fugi.

— Que você foi embora. Que eu não sei por quê.

— Não, claro que não...

— Nãima conhece a história toda... – Flora soltou um suspiro. – Mas nunca quis conversar sobre nada.

Paulo ficou um instante olhando para Flora, ambos sem fazer menção de dizer coisa alguma; depois balançou a cabeça...

– Você vai falar com ela? – perguntou Flora.

– Você... deixaria?

– Claro que sim. Ela... – Flora sorriu – talvez ela se mostre meio dura no início, mas... Bem, ela é... uma garota muito especial, sabe?

Paulo sorriu:

– Imagino... – Então seu rosto se anuviou. – Mas, antes, preciso lhe contar uma coisa.

– Você vai me dizer que tem uma família em algum lugar? Mas isso não importa. Eu...

– Não é nada disso. E eu nunca tive outra família. É algo sobre este momento por que estou passando e o motivo por que voltei para Paraty justamente agora... Se depois você não quiser que eu me aproxime da Nãima, eu aceito. Ela já ficou até agora sem saber que eu existo, não vai fazer diferença. Eu vou embora e nunca mais você vai ouvir falar de mim. Entendo como tudo isso é difícil, ainda mais...

O mau pressentimento retornou. Lá, ardendo bem abaixo dos seios, por dentro dela, se espalhando de um jeito que já não dava mais para dizer onde estava. Como se tivesse tentáculos. Era medo, era angústia... Era algo na voz dele. No seu jeito de contrair a testa, os cantos dos olhos, tão pesaroso...

– Conte – ela pediu.

E à medida que Paulo ia falando, a garganta de Flora se apertava, e lhe dava uma imensa vontade de xingar aquele Destino tão cheio de ardis, o grande autor das mais inacreditáveis e sarcásticas histórias.

· 13 ·

Senhor Candongas

O senhor Candongas era o xodó de Téo desde pequeno. E o fato de o boneco ter morrido e renascido tantas vezes, em tantos corpos – e materiais – diferentes, não atrapalhava em nada.

Originalmente, o senhor Candongas era um boneco feito de corda crua. Houve quem dissesse para o menino, na época, que ele era um cachorro. Mas houve também quem achasse que Candongas era um rato, ou um coelho, ou mesmo – na opinião de Nãima – um dinossauro. O senhor Candongas já fora feito de pano, de barro, de resina e de madeira (cabo de vassoura toscamente entalhado). E cada um desses senhor Candongas teve um destino diferente: foi embora pelo fogo, pela água ou se perdeu pelo mundo.

Agora, o senhor Candongas era o astro das aventuras do desenho animado que Téo sonhava criar um dia. O boneco se desdobrava em muitos para viver uma aventura – detetive, pirata, arqueólogo, super-herói bagunçado. Ou melhor, bagunçados eram todos os seus personagens.

O garoto sonhava em estudar numa escola de animação, ou mesmo conseguir expor sua criação no *Anima Mundi*, o mais famoso festival internacional dessa área, e, um dia, ver seu personagem famoso alegrando as tardes das crianças.

Assim, volta e meia, Téo se recolhia para desenhar – e lá saía uma nova estripulia do senhor Candongas, *em algum lugar do tempo e do espaço*.

Téo era um cara ocupado. Tinha seus desenhos animados, o colégio, o trabalho na pousada, o grupo de teatro e, naturalmente... Nãima. A namorada exigia um bocado de tempo do garoto. E ele a atendia com satisfação.

O grupo de teatro resolvera ler os dois romances de Machado que pretendia adaptar para a Flipinha e uma vez por semana todos se reuniam para trocar ideias e dúvidas sobre os livros. Nãima obrigava Téo a ler antes, com ela, os capítulos marcados, e discuti-los. O garoto até gostava. Tinha uns lances que eram só dos dois e aconteciam junto com a leitura... O balde de pipoca e o suco de laranja de caixinha para acompanhar as discussões eram de lei. Mais do que tudo, eles liam e discutiam tão enroscados um no outro que quem entrasse no salão podia pensar que estavam na maior agarração. E às vezes a leitura parava e o que rolava mesmo era agarração. Mas não naquele momento...

– Então – Nãima destacou – no que o conselheiro solta aquela frase, de que não foi feito para amar, e bem quando a viúva está passando diante dele, a irmã reclama...

> *Quando transmiti esta impressão a Rita, disse ela que eram desculpas de mau pagador, isto é, que eu, temendo não vencer a resistência da moça, dava-me por incapaz de amar. (...)*
>
> *– Todas as pessoas daqui e de fora que os viram, – continuou, – podem dizer a você o que foi aquele casal. Basta saber que se uniram, como já lhe disse, contra a vontade dos dois pais, e amaldiçoados por ambos. (...)*

Neste ponto interrompi:
– Pelo que ouço, enquanto eu andava lá fora, a representar o Brasil, o Brasil fazia-se o seio de Abraão. Você, o casal Aguiar, o casal Noronha, todos os casais, em suma, faziam-se modelos de felicidade perpétua.
– Pois peça ao desembargador que lhe diga tudo.
– Outra impressão que levo desta casa e desta noite é que as duas damas, a casada e a viúva, parecem amar-se como mãe e filha, não é verdade?
– Creio que sim.

– E o casal Aguiar gostava mesmo da Fidélia. Em outra parte, o livro conta que a moça era brigada com a família, que fora contra o casamento dela. Daí, ela é meio que sozinha no mundo. Tanto que passa dias e dias na casa dos Aguiar e quando vai embora…

Fidélia voltou para casa, levando e deixando saudades. Os três estão muito amigos, e os dois parecem pais de verdade; ela também parece filha verdadeira. O desembargador, que me contou isto, referiu-me algumas palavras da sobrinha acerca da gente Aguiar, principalmente da velha, e acrescentou:
– Não é dessas afeições chamadas fogo de palha; nela, como neles, tudo tem sido lento e radicado. São capazes de me roubarem a sobrinha, e ela de se deixar roubar por eles.

– Tá notando como tudo está se armando, Téo? Uma tremenda de uma trama… Como se os personagens estivessem se posicionando no tabuleiro, os conflitos entre eles…
– Nem pensar que vou deixar você me dar uma surra hoje no xadrez, pra terminar a noite!

– Não estou falando de xadrez! – reclamou ela. – Quer dizer...

– Está...

Comparar a trama das histórias com a armação de uma partida de xadrez era uma das manias do velho Youssef. E ele fizera a neta aprender tão bem o jogo que não havia ninguém na redondeza que a derrotasse – a não ser o próprio Youssef. Já Nāima, tinha prazer especial em encarcerar garotos no tabuleiro e levá-los à situação de rendição, em que precisavam derrubar o rei e engolir o risinho de vitória dela. Claro que o prazer era maior ainda quando a derrota era do seu namorado.

– Mas olha só como a coisa está sendo armada. Saquei isso noutro dia... A gente já sabe que o casal Aguiar adora Fidélia, que era a filha que eles nunca tiveram. Aí, *com essa posição consolidada*, chegou a hora de *avançar no jogo*. A gente vai saber agora de um caso que aconteceu com os Aguiar antes de conhecerem Fidélia...

> *Uma das suas amigas tivera um filho, quando D. Carmo ia em vinte e tantos anos. Sucessos (...) trouxeram a mãe e o filho para a casa Aguiar durante algum tempo. Ao cabo da primeira semana tinha o pequeno duas mães. A mãe real precisou ir a Minas (...). D. Carmo alcançou que a amiga lhe deixasse o filho e a ama. Tais foram os primeiros liames da afeição que cresceu com o tempo e o costume. (...) Quando veio o tempo de batizar o pequeno, Luísa Guimarães [a mãe] convidou a amiga para madrinha dele. Era justamente o que a outra queria (...).*
>
> *A meninice de Tristão, – era o nome do afilhado, – foi dividida entre as duas mães, entre as duas casas. (...) D. Carmo parecia mais verdadeira mãe que a mãe de ver-*

dade. O menino repartia-se bem com ambas, preferindo um pouco mais a mãe postiça.

(...) Era um filho que ali estava, que fez dez anos, fez onze, fez doze, crescendo em altura e graça. O pai de Tristão resolveu ir com a mulher cumprir uma viagem marcada para o ano seguinte, – visitar a família dele; a mãe de Guimarães estava doente. Tristão (...) quis ir com eles.

(...)

A viagem se fez, a despeito das lágrimas que custou.

(...)

Os pais foram ficando muito mais tempo que o marcado, e Tristão começou o curso da Escola Médica de Lisboa. (...)

Aguiar (...) deu a dura novidade à mulher, sem lhe acrescentar remédio nem consolação; ela chorou longamente. Tristão escreveu comunicando a mudança de carreira e prometendo vir para o Brasil, apenas formado; mas daí a algum tempo eram as cartas que escasseavam e acabaram inteiramente (...). Guimarães aqui veio, sozinho, com o único fim de liquidar o negócio, e embarcou outra vez para nunca mais.

– Que raiva desse tal de Tristão – disse Nâima, empurrando Téo e rolando nas almofadas para se afastar um pouco. – Um... caloteiro! Levou o que quis dos velhos, depois deixou eles *na saudade.*

– Mas você precisa ficar tão tocada assim com um livro?

– Ela se apaixona pelo que lê... Conheço isso bem! – disse uma voz atrás deles.

Nâima levou um susto. Téo se pôs de pé num pulo, embaraçado.

– Boa noite, seu Paulo – disse o garoto. – Tá precisando de alguma coisa?

Paulo havia se aproximado tão silenciosamente que nenhum dos dois havia percebido sua presença até que estivesse quase junto deles. E na verdade, ele ficara alguns momentos observando, a certa distância, tomando coragem. Nãima o olhava, sentindo algum desconforto, sem saber ao certo por quê... "Ora, como não? O cara chega de repente, fica aí olhando a gente... Que coisa!"

Já Téo achou estranha a intensidade com que Paulo olhava a garota. "Esse coroa é metido a conquistador de menininha, ou o quê?" Então, estranhou foi outra coisa... Um certo jeito de inclinar para o lado a cabeça, no hóspede, que reconhecia. Algo muito familiar, um gesto que aprendera a identificar como tristeza, mas... como? E em quem?

– Eu só queria conversar com essa garota linda, pode ser, amigão?

– O senhor quer dizer... *a sós* com ela? – hesitou Téo.

– Ô, Téo – disse Nãima, arregalando os olhos –, desde quando eu preciso de guarda-costas?

Téo deu de ombros e se afastou.

De repente, deu um estalo em sua cabeça, ele se voltou e seus olhos passaram, rapidamente, várias vezes, de Paulo para Nãima, da garota de volta para o hóspede. Então ele sussurrou para si mesmo: "Tô vendo coisas...".

· 14 ·

Pai & Filha

Se Paulo havia reunido alguma coragem minutos antes, toda ela sumiu, derreteu como se fosse uma bola de sorvete dentro do bolso de sua calça. Ainda mais com Nãima olhando para ele, inquiridora.

E foi quando veio uma dor atravessada no peito de Paulo, uma pontada que lhe tirou o ar. Imediatamente sua testa se cobriu de gotículas de suor e ele sentiu uma náusea forte entorpecendo-o. Arriou numa poltrona.

– O senhor está bem?

– Estou, minha... filha... – Paulo sorriu, um sorriso contraído, dolorido, ao pronunciar essa palavra... – Quer dizer, um pouco nervoso... assustado...

Ele respirou fundo. Sentiu que melhorava, o mal-estar ia passando. Só as mãos continuavam frias.

– Não tô entendendo – disse Nãima, e assustada ela é que estava começando a ficar. Pensou se não teria sido melhor ter pedido a Téo para ficar com ela. Se bem que não, não teria sido melhor... O garoto ia gozar dela por isso depois. E muito...

– Eu morava aqui quando tinha a sua idade – Paulo falou, enfim. – Em Paraty.

— Ah, é?

— Meu pai chegou na cidade quando eu tinha... sete anos.

— É mesmo? Será que ele é amigo do meu avô?

— Meu pai morreu... faz uns anos... Mas, sim, ele e seu avô se conheciam. Ontem mesmo Youssef e eu conversamos sobre ele... Foi... foi... — Paulo não conseguiu completar a frase. Ou, por outra, não soube o que poderia dizer ao iniciá-la.

— E vovô se lembrou logo de você? — perguntou Nãima, meio desinteressada.

— Lembrou... lembrou... — Paulo esfregou as mãos. Ainda estavam frias. "Ora, como não estariam?", pensou ele. "Tinham que estar frias mesmo... geladas! Talvez seja melhor eu apenas conversar trivialmente com ela esta noite... deixar para lhe contar... noutro dia..."

Por outro lado, ele sabia que não havia mais volta.

— E depois, eu... fui conversar com sua mãe...

— Você e minha mãe se conhecem também? — E aqui Nãima estranhou, sentiu algo até mesmo ameaçador naquela conversa.

— É! — apressou-se Paulo em responder. — A gente era... amigo. Quer dizer, ela, eu e meu irmão... a gente era muito amigo. Há anos que não nos víamos, mas... muito amigos.

O pressentimento ameaçador e a estranheza cresciam cada vez mais dentro da garota.

Ou talvez Nãima já tivesse adivinhado.

Pelo jeito de Paulo cravar os olhos nela, quase desesperados, quase suplicando que ela entendesse o que ele não estava com coragem de dizer.

E a garota só se esquivava.

Flora estava em seu escritório, e sabia que a conversa estava acontecendo naquele momento. E rezava. Ou melhor, ora cenas, lembranças, passavam em sua mente, ora rezava. No seu quarto, Youssef murmurava uma canção antiga, em árabe, canção de noites nos oásis dos desertos, dos imensos mercados a céu aberto, de tantos enigmas. Observava a noite cair sobre a praça de Santa Rita.

– O senhor... se chama Paulo? – quis confirmar Nãima. Paulo assentiu com um lento balançar da cabeça. – E como seu irmão se chamava? Vocês... eram gêmeos?

– Ele se chamava Pedro. Sim... gêmeos.

Nãima ficou um instante paralisada. Mas no momento seguinte arrepiou-se toda, os olhos se arregalaram mais ainda, apavorados. De repente, como se tivesse levado uma ferroada, soltou um berro e fugiu correndo.

· 15 ·

Uma semana depois

Pasta asciuta com polpettas à Paraty.

O prato era dos mais pedidos no restaurante da Pousada do Conselheiro. E justamente por ser comida italiana bem caseira. Macarronada com almôndegas ao molho de tomate. O macarrão, durinho, ao jeito italiano, *al dente*. Já as *polpettas*, Zeca as fazia do jeito que seu pai, Jonas, o Pirata, inventara. Primeiro, comprava a melhor linguiça calabresa que houvesse no mercado. Depois, as espremia de modo que cada uma soltasse três bolotas de carne. Mergulhava essas bolotas – as *polpettas* – no fubá de milho (coisa que só faria um italiano radicado em Paraty), até que a farinha as envolvesse inteiramente. Daí, iam para a frigideira, em óleo bem quente. Fritas as *polpettas*, a receita mandava jogar meio copo de vinho tinto na frigideira – o *deglaciado* – para fazer um caldo com os resíduos deixados no fundo da panela. O próximo passo, já com o molho de tomate fervendo, era jogar o caldo e as *polpettas* ali dentro, deixando tudo ferver por alguns minutos, para tomar gosto. Daí, ia para a mesa o macarrão, bem quente, coberto pelas *polpettas* ao molho de tomate. Só o perfume que ia deixando pelo caminho, desde a cozinha, era de enlouquecer.

Nãima, muito gulosa, adorava a macarronada com *polpettas*. Mas, sempre tomando cuidado para não engordar, não exagerava... demais. Naquela semana, entretanto, Zeca reparou que era a quarta vez que a garota sentava na mesa e pedia o prato – recomendando que fosse uma *porção caprichada*.

Flora perguntava várias vezes por dia à filha se ela queria conversar: "Seu pai está aqui. O pai que você jamais conheceu. Você vai fingir que não está acontecendo nada?". Nãima fechava a cara e se afastava sem responder. Já de seu Youssef, a garota não chegava nem perto. Ou por outra, nas vezes em que se cruzaram, era o velho botar os olhos nela e Nãima cerrava os dentes e rugia feito uma leoa. "É o coração dela que precisa primeiro ganhar coragem para se abrir", foi o que compreendeu seu Youssef. Até mesmo Téo arriscou entrar no assunto. Mas somente uma vez – Nãima atirou na cara dele a água que estava bebendo e saiu resmungando.

Paulo aguardava.

E também Zeca aguardava. Mas sem se meter, sem dizer nada. Pelo menos, por ora. Graças a isso, se Nãima andava evitando todo mundo, pelo menos continuava indo ao restaurante, como se fosse seu refúgio.

Era ali que a garota ia avançando na leitura do seu *Memorial de Aires*.

20 DE JULHO
Chegou (...) o afilhado dos Aguiares. Creio que eles lhe darão festa de recepção, ainda que modesta. A última fotografia foi mandada encaixilhar e pendurar. (...)

27 DE JULHO
Vi hoje o Tristão descendo a Rua do Ouvidor com o Aguiar; adivinhei-o por este e pelo retrato. Trazia no vestuário alguma coisa que, apesar de não diferir da moda,

cá e lá, lhe põe certo jeito particular e próprio. Aguiar apresentou-nos. Tristão falou-me polidamente, e com tal ou qual curiosidade, não ouso dizer interesse. Naturalmente já ouviu falar de mim em casa deles. Cinco minutos de conversação apenas, – o bastante para me dizer que está encantado com o que tem visto. (...)
É uma bonita figura. A palavra forte, sem ser áspera. Os olhos vivos e lépidos, mas talvez a brevidade do encontro e da apresentação os obrigasse a essa expressão única; possivelmente os terá de outra maneira alguma vez. É antes alto que baixo, e não magro.

"Sei não", pensou, encucada, a garota. "Tô achando que na verdade esse conselheiro, elogiando tanto o sujeito, também não foi com a cara do tal Tristão, o supermimado... Mas a Carmo deve estar numa felicidade só. Ainda mais que a Fidélia não está no Rio, está na fazenda dos pais..."

2 DE AGOSTO
Aguiar mostrou-me uma carta de Fidélia a D. Carmo. Letra rasgada e firme, estilo correntio, linguagem terna; promete-lhes vir para a Corte logo que possa e será breve. Estou cansado de ouvir que ela vem, mas ainda me não cansei de o escrever nestas páginas de vadiação. Chamo-lhes assim para divergir de mim mesmo. Já chamei a este Memorial *um bom costume. (...)*
A carta de Fidélia começa por estas três palavras: "Minha querida mãezinha", que deixaram D. Carmo morta de ternura e de saudades; foi a própria expressão do marido.

"E tem sempre uma suspeitazinha do conselheiro comendo pelas beiradas... Juro que ele acha também que esse Tristão não gosta tanto assim dos Aguiar..."

3 DE AGOSTO
Aguiar (…) todo ele é família, todo esposo, e agora também filhos, os dois filhos postiços, – Tristão mais que Fidélia (…).

– Conselheiro, já falou ao nosso Tristão, já o ouviu, e creio apreciá-lo, mas eu desejo que o conheça mais para apreciá-lo melhor. Ele fala da sua pessoa com grande respeito e admiração. (…)

– Já me disse isso mesmo. Acho que é um moço muito distinto.

– Não é? Também nós achamos, e outras pessoas também. (…) Se pudéssemos ficar com ele de uma vez, ficávamos. Não podemos; Tristão veio apenas por quatro meses; a nosso pedido vai ficar mais dois. Mas eu ainda verei se posso retê-lo oito ou dez.

"Olha só…", continuava ela falando consigo mesma enquanto enrolava o espaguete no garfo e mastigava uma *polpetta* atrás da outra. "Ele até acha que o Tristão não veio ao Brasil para ver os Aguiar. Pelo menos, não era o principal motivo da visita dele… Será?"

E foi então que Zeca sentou na mesa em que ela estava, sem aviso, dizendo logo:

– Conheço alguém que daqui a uma semana vai estar desesperada por não entrar mais nas roupas e daí vai ficar dias só comendo frutas, numa dessas dietas malucas.

– Malucas mas funcionam! – protestou Nãima, rindo. – Pelo menos enquanto estou fazendo elas. Depois…

Zeca riu também. Mas o sorriso se apagou de repente. "Chega!", pensou. Gostava demais de Nãima para continuar se esquivando de entrar na briga.

Até porque, de todos ali na pousada, ele, se não ficava se desgastando em quedas de braço com Nãima no dia a dia como Téo, e mesmo Flora, às vezes era o único que encarava a zanga da menina. Então ele disse, bem direto e com voz firme:

– Você sabe que vai ter que conversar com seu pai, não sabe?

– Ele não é... – E ela brecou, então, hesitando.

– É sim – interrompeu Zeca, suavemente. – É seu pai. Agora, me responda...

– Até você! – queixou-se desolada a garota, pensando que agora nem mais o consolo do macarrão com *polpettas* poderia ter.

– É, até eu – Zeca riu.

– Vou ter que conversar com ele por quê? Daqui a pouco ele vai embora. Que nem fez antes!

– Mas neste momento está aqui. Já pensou como vai ficar *você*, se ele for embora e vocês não tiverem nem sequer conversado? Você está mesmo decidida a dispensar essa oportunidade?

– Eu... – replicou Nãima, vermelha de tanta raiva.

– Não, melhor não responder agora. Mas, pense. A gente foge de tudo, menos de nossos próprios sentimentos. Tentar é perda de tempo. E de oportunidades a serem vividas. A gente paga a conta um dia, com juros. Nem que seja apenas lamentando o que deixou de ter, o que perdeu. A volta do seu pai a Paraty, depois de dezesseis anos, tem a ver com isso. E você, o que está sentindo... sentindo *de verdade*... nessa história toda? Jura que vai deixar ele ir embora e vai ficar tudo bem aí dentro?

Ele levantou, deu um beijo na testa de Nãima e se afastou.

• 16 •
Variações sobre o tempo que se perde

Nãima confirmou suas suspeitas de que o conselheiro não ia muito com a cara de Tristão quando chegou ao seguinte trecho:

4 DE AGOSTO
Indo a entrar na barca de Niterói, quem é que encontrei encostado à amurada? Tristão, ninguém menos, Tristão que olhava para o lado da barra, como se estivesse com desejo de abrir por ela fora e sair para a Europa. (…)
– Vou ao palácio da presidência. Até à volta, se nos encontrarmos.
Uma hora depois, quando eu chegava à ponte, lá o achei. (…) Na viagem de regresso tive uma notícia que não sabia; Tristão, alcunhado brasileiro *em Lisboa (…), é português naturalizado.*
– Aguiar sabe?
– Sabe. O que ele ainda não sabe, mas vai saber, é que nas vésperas de partir aceitei a proposta de entrar na política, e vou ser eleito deputado às cortes no ano que vem.

Não fosse isso, e eu cá ficava com ele; iria buscar meu pai e minha mãe. (...)
  – Eles querem-lhe muito.
  – Sei, muito, como a um filho.
  – Têm também uma filha de afeição.
  – Também sei, uma viúva, filha de um fazendeiro que morreu há pouco. Já me falaram dela. Vi-lhe o retrato encaixilhado pelas mãos da madrinha. Se conhece bem a madrinha, há de saber o coração terno que tem. Toda ela é maternidade. Aos próprios animais estende a simpatia. (...)

Mas ela esperava alguma atitude do conselheiro. Não que ele desse para trás, no que ela, Nâima, havia decidido que ele sentia em relação a Fidélia. Daí seu desapontamento quando leu:

17 DE AGOSTO
Fidélia chegou, Tristão e a madrinha chegaram, tudo chegou; eu mesmo cheguei a mim mesmo, – por outras palavras, estou reconciliado com as minhas cãs. Os olhos que pus na viúva Noronha foram de admiração pura, sem a mínima intenção de outra espécie, como nos primeiros dias deste ano. (...)

– Covardão! – exclamou ela, num rosnado de felina. E teve ímpetos de atirar o livro na parede. – Tomara que se arrependa depois.
Quanto ao resto, e não apenas as *polpettas*, a garota continuava *digerindo*.

21 DE AGOSTO, 5 HORAS DA TARDE
Não quero acabar o dia de hoje sem escrever, que te-

nho os olhos cansados, acaso doentes, e não sei se continuarei este diário de fatos, impressões e ideias. Talvez seja melhor parar. Velhice quer descanso.

"Taí uma frase que duvido que saísse da boca de seu Youssef. Velhice quer descanso, como assim?", resmungou ela em pensamento, e retomou a leitura. Mas antes encomendou seu jantar. Nada de macarronada com almôndegas desta vez. *Carpaccio* – finíssimas fatias de carne crua temperadas com azeite e outros ingredientes, e um pãozinho fresco para acompanhar. No cardápio de Nãima, aquilo era *prato de dieta*.

27 DE AGOSTO
A alegria do casal Aguiar é coisa manifesta. (...) Jantam, passeiam, e se não projetam bailes é porque os não amam de si mesmos, mas se Fidélia e Tristão os quisessem, estou que eles os dariam. (...)

Os passeios são recatados pela hora e pelos lugares. (...) Assim os encontrei há dias na Rua de Ipiranga, eram cinco horas da tarde. Os dois velhos pareciam ter certo orgulho na felicidade. Ela dizia com os olhos e um riso bom (...) toda a glória daquele filho que o não era, aquele filho morto e redivivo, e o rapaz era atenção e gosto também (...) Quanto ao velho não ostentava menos a sua delícia. Fidélia é que não publicava nada; sorria, é certo, mas pouco e cabisbaixa.

4 DE SETEMBRO
Relendo o dia de ontem fiz comigo uma reflexão que escrevo aqui para me lembrar mais tarde. Quem sabe se aquela afeição de D. Carmo, tão meticulosa e tão servi-çal, não acabará fazendo dano à bela Fidélia? A carreira

desta, apesar de viúva, é o casamento (...). Não falo de mim, Deus meu, que apenas tive veleidades sexagenárias; digo alguém de verdade, pessoa que possa e deva amar como a dona merece.

"Tô avisando, cara!", brigou Nãima com o conselheiro. "Você ainda vai se arrepender..." Depois, lembrou de uma descrição de Aires que estava lá no *Esaú e Jacó*:

Pode ser; em todo caso, o maior obstáculo viria dele mesmo. Posto que viúvo, Aires não foi propriamente casado. Não amava o casamento. Casou por necessidade do ofício; cuidou que era melhor ser diplomata casado que solteiro, e pediu a primeira moça que lhe pareceu adequada ao seu destino. Enganou-se: a diferença de temperamento e de espírito era tal que ele, ainda vivendo com a mulher, era como se vivesse só. Não se afligiu com a perda; tinha o feitio do solteirão.

"Pois eu tô achando que você tem tanto medo de se queimar que nunca se arriscou a coisa nenhuma na vida, sabe, ô cara!", concluiu Nãima.
Enquanto isso, Paulo aguardava.
Todos aguardavam.
E Nãima sabia que todos estavam aguardando.
E que as palavras do Zeca não iam parar de ressoar dentro dela enquanto ela não tomasse alguma providência. Ela sabia disso.
Era o que estava deixando a menina danada da vida!

– *Os dias vão correndo, disse ela, e os últimos correrão mais depressa; brevemente o nosso Tristão volta para Lisboa*

e nunca mais virá cá, ou só virá para ver as nossas covas.
– Ora, D. Carmo! deixe-se de ideias tristes.
– Carmo tem razão, interveio o marido; o tempo acabará depressa para que ele se vá, e não ficará às nossas ordens para que fiquemos eternamente na vida.
(...)
Sorri e disse:
– Ele se irá, creio, mas ficará ela.
(...) O ar de riso que se lhe espraiou do rosto mostrou que entendera a alusão à bela Fidélia. Era uma consolação grande. Não obstante, a consolação só cabe ao que dói, e a dor da perda de um já não seria menor que o prazer da conservação da outra. Logo vi essas duas expressões no rosto da boa senhora, combinadas em uma só e única, espécie de meio-luto.

Então, num determinado trecho, ela brecou e exclamou:
– Arrá!

12 DE NOVEMBRO
Fiz mal em não pôr aqui ontem o que trouxe de lá comigo. Creio que Tristão anda namorado de Fidélia. (...)
(...) Outra impressão que também não escrevi é que a madrinha parece perceber o mesmo, e tira daí certo alvoroço. (...) Pode ser engano, mas pode ser verdade.
Hoje, que não saio, vou glosar este mote. Acudo assim à necessidade de falar comigo, já que o não posso fazer com outros; é o meu mal.

Nãima leu e releu aquelas linhas, fechou o livro, terminou o *carpaccio* (o azeite do fundo do prato ela raspou com o último naco de pão) e foi para o seu quarto. Mal se atirou na cama, abriu o *Memorial* na mesma página e leu mais uma vez aquela anotação no diário de Aires. Depois, zangada ("Mas estou zangada com quem? Com esse panaca do conselheiro, ou... com quem?"), vociferou, andando de um lado para o outro:

— Tá vendo? Tá vendo? De tanto vacilar, de tanto arrego, de não querer correr o risco de ir lá conversar com a viúva, vem o esperto do Tristão e *crau!* Bem feito, conselheiro. É o que disse o Zeca: a gente se esconde do que sente? Nunca. E agora, seu Aires?

Daí, aquietou-se, abraçou-se, lutando contra a vontade de chorar — sem compreender direito que choro nem que vontade era aquela —, e disse:

— E agora, hein?

· 17 ·
Uma figura à parte

– Às vezes… – dissera uma vez Simão, num final de noite, calando-se a seguir.

– Você imagina o quanto eu odeio quando você faz isso? – ralhou seu Youssef.

– Isso o quê? – disse o pescador, despertando no susto.

– Isso! Parar uma frase no meio, como se o resto estivesse dizendo apenas em pensamentos!

Simão sorriu.

– Foi só uma ideia que acabou de me aparecer…

– Diga, diga sempre!

– Falou que nem Machado escreve… – debochou Simão.

– Adoro esse *sempre*, colocado assim na frase. Acho elegante.

– Machado era o mestre da elegância. Quem quer saber como se usa bem o português, que leia Machado. E olhe que ele não complica, não faz firula.

– Mas, quanto à *ideia*…

– Às vezes, eu acho que o conselheiro quer nos dizer que se sente como uma figura à parte, já retirada do tempo.

– Já retirada do presente, você quer dizer?

– Não. Mais do que isso. Esses dois romances, *Esaú e Jacó* e *Memorial de Aires*, falam de mudanças no país. Ora, o Brasil passou por quase meio século de reinado de Dom Pedro II. Não era verdade, mas parecia que nada mudava, que o país estava estagnado. De repente, abolição da escravatura, proclamação da República... Fora tudo o que estava acontecendo pelo mundo. Desde a tal revolução das máquinas, com a vinda da eletricidade, dos transportes a motor, até as convulsões sociais na Europa, tida como modelo máximo de *civilização*...

– Ora, mas não é você que diz que o mais importante desses romances nunca foi a história do Brasil?

– O que eu acho é que a história é pano de fundo e que, no primeiro plano, aparecem os personagens. Aqui, no meio de tantas mudanças históricas, temos o conselheiro, aposentado, tentando se isolar do que está acontecendo à sua volta, como se pressentisse que seria deixado para trás, e já se colocasse assim, por antecipação. Para evitar desapontamentos, talvez. – Simão torceu o nariz, tomou fôlego e prosseguiu. – Você conhece o Machado, a gente tem sempre que prestar atenção no sujeito que ele escolhe para contar a história. Quem é esse narrador? Como é ele... por dentro? A história é como é por causa da maneira, do ponto de vista como é contada, próprios do narrador. São reflexos do espírito dele. Temos um novo tempo no país. Outro personagem com outro temperamento talvez tentasse obsessivamente alcançar esse novo tempo, recuperar terreno...

– Mas não o conselheiro – refletiu Youssef. – Ele não entra em brigas. Diz isso no *Esaú e Jacó* – estica o braço e alcança o livro na estante: – "Era cordato, repito, embora esta palavra não exprima exatamente o que quero dizer. Tinha o coração disposto a aceitar tudo, não por inclinação à harmonia, senão por tédio à controvérsia". E mais à frente...

Mas este Aires, – José da Costa Marcondes Aires, – tinha que nas controvérsias uma opinião dúbia ou média pode trazer a oportunidade de uma pílula, e compunha as suas de tal jeito, que o enfermo, se não sarava, não morria, e é o mais que fazem pílulas. Não lhe queiras mal por isso; a droga amarga engole-se com açúcar. Aires opinou com pausa, delicadeza, circunlóquios, limpando o monóculo ao lenço de seda, pingando as palavras graves e obscuras, fitando os olhos no ar, como quem busca uma lembrança, e achava a lembrança, e arredondava com ela o parecer. Um dos ouvintes aceitou-o logo, outro divergiu um pouco e acabou de acordo, assim terceiro, e quarto, e a sala toda.

Não cuides que não era sincero, era-o. Quando não acertava de ter a mesma opinião, e valia a pena escrever a sua, escrevia-a. Usava também guardar por escrito as descobertas, observações, reflexões críticas e anedotas, tendo para isso uma série de cadernos, a que dava o nome de Memorial.

– O que eu acho – emendou Simão – é que Machado construiu nele um personagem repleto de peculiaridades. Tão complexo que é quase como se tivesse vida de verdade. Um prodígio da criação na ficção literária, sabe? Nesses dois romances, Aires fica sempre com um pé dentro e outro fora da história. Como narrador e como personagem. Quando alguma coisa o ameaça, ele foge. Fica narrando à distância. Como na paixonite dele com a viúva. E como em outros momentos… Ele é uma *figura à parte na história*. E talvez também na literatura. E no tempo. Talvez alguém que, como Machado, percebesse que o Brasil e o mundo já iam mudando. A vida ia mudar… Como mudou! Menos de vinte anos depois da morte de Machado, teve a Semana de Arte Moderna. Os modernistas endeusando a cidade grande, o burburinho e o alarido, a velocidade, a máquina, o automóvel, a eletricidade... Nada disso era tão evidente nesses anos em que Aires narra suas histórias. Já havia algo no ar, mas nem ele nem ninguém poderia saber em que ia dar. O parto do novo século ainda não havia se completado. Alguns ainda viam os pés do século anterior. Outros, a cabeça do século XX. E quem tinha razão? Eram mudanças que se *prenunciavam*... Mas, depois de tanto tempo de Império, o que a vida iria se tornar, sabe-se lá? Não era para alguém como ele, alguém que tinha esse instinto de fuga, querer se colocar à parte, protegido? Quase... assustado?

– Alguém como ele? – repetiu Youssef, pensando. – Sim. E talvez seja o mais sensato também para gente velha...

– Como nós? – provocou Simão.

– Ora, eu não me sinto velho. Estava falando de você.

Enquanto Youssef revia essas lembranças no pátio da pousada, Paulo atravessava o quarto para atender a uma batida na porta. Quando abriu e viu que era Nãima, deu um passo para trás, surpreso. Até então, a garota passava por ele fingindo que Paulo era invisível. E agora, lá estava ela. Seus braços estavam carregados. Trazia uma pilha de álbuns de fotografias. Empinando o nariz para a frente e a juba leonina imponentemente para trás, Nãima disse:

– Decidi que o melhor é a gente começar com você sabendo quem eu sou!

– Ah, é? – exclamou Paulo, ao mesmo tempo assustado e achando graça. O tom de voz mandão era exatamente o mesmo que tinha uma menina por quem, mais de trinta anos antes, ele havia se apaixonado.

Ela sentou-se na mesa do quarto e abriu o primeiro álbum. Eram fotos de um bebê rechonchudo e careca, muito vermelho, de olhos cerrados.

– Eu... – ela apontou – No dia em que nasci.

Paulo ficou deslumbrado. E seus olhos umedeceram. O que ele estava vendo ali eram imagens de um tempo que ele perdera. De uma vida que não tivera, da qual fugira.

Nãima olhou para ele, viu os olhos dele já com lágrimas se formando, e sentiu vontade de chorar também. Ela murmurou:

– Tive muito ódio de você. Todo Natal. Todo aniversário.

– Eu dou a você toda razão do mundo.

– Ainda odeio você – rosnou a garota.

Paulo assentiu suavemente e colocou a mão sobre a mão dela.

– Eu de novo – disse ela, apontando outra foto. – Com uma semana. E aqui... dez dias.

Paulo sentou ao lado de Nãima para ver as fotos. Sentindo lá por dentro uma felicidade que nunca soubera que existia. Nãima não retirou a mão e ele, quase amedrontado, continuou segurando a dela.

Foi o começo de muita coisa. Nãima fez questão de mostrar a Paulo seus lugares prediletos na cidade. E de contar a ele histórias e mais histórias sobre toda a sua vida. Paulo a acompanhava, entusiasmado. E também, certo dia, levou-a para um passeio de barco para lhe mostrar os recantos aonde ia quando pescava no barco de seu pai.

– Quem sabe eu ensino ela a pescar? – disse Paulo a Flora. A mulher sorriu. Estava satisfeita com o que estava acontecendo entre aqueles dois. E Paulo emendou rindo: – Quer dizer... se eu ainda me lembrar como se pesca!

O papo foi na cozinha, mas mesmo assim, discretamente, Zeca se afastou, com o pretexto de ir cuidar de alguma coisa. Paulo se despediu com um gesto, Zeca lá do fundo respondeu com um sorriso cordial:

– Bom passeio! – disse Zeca.

"Difícil não gostar desse cara", pensou Paulo, e não sem uma pontinha de ciúme. Talvez algo semelhante ao que sentia Zeca, ao comentar brincando com Flora:

— Em outra situação, nós dois provavelmente seríamos amigos!

— Não, obrigada – replicou Flora. – Assim está ótimo. Mais do que isso, complica!

Os dois riram. Mas Zeca, em seguida, armou uma expressão séria no rosto.

— O que foi? – perguntou Flora. Ela percebeu no ato a mudança de humor do marido.

— Você sabe.

Sabia... Zeca estava preocupado com Nãima.

Já Nãima não estava preocupada com nada.

— Vou com meu pai – avisava a garota, e as palavras saíam dela como algo que Nãima se acostumara a pronunciar ao longo dos anos.

Agora, entre os caprichos que julgava seu direito verem atendidos – e que Paulo se dispunha a realizar, é claro, como se fossem dívida confessa – estava o de ler para ele o *Memorial de Aires*. Afinal, não era uma das coisas de que ela mais gostava? O pai que tratasse de gostar também. Muito por favor, já que o pai não conhecia a história nem os personagens, ela ia apresentando um e outro, à medida que a trama avançava.

— Bem, aqui, a irmã do conselheiro, a Rita, descobre que D. Carmo já adivinhou os sentimentos do Tristão. Daí, as duas conversam e a Rita, que é informante do Aires, quer saber direitinho o que a Carmo acha de tudo. Então...

Rita (...) ouviu a D. Carmo a notícia do amor de Tristão (...).

— Digo isto só à senhora e peço-lhe que não conte a ninguém, acabou D. Carmo, eu gostaria de os ver casa-

dos, não só porque se merecem, como pela amizade que lhes tenho e que eles me pagam do mesmo modo.

Rita achou que D. Carmo dizia verdade, e achou mais que, casando-os, teria assim um meio de prender o filho aqui. (...) D. Carmo sorriu com expressão de acordo; e foi o que pensou e me disse a própria Rita.

– E o namoro se escancara – anunciava Nãima, num trecho mais à frente. – Os Aguiar na maior felicidade...

Vez por outra, a garota volta os olhos para o pai. Às vezes, acha que ele quer lhe dizer alguma coisa, espera, mas ele não fala. Fica apenas sorrindo para ela, como se Nãima fosse um anjo. Daí, a garota acha que foi apenas impressão e afasta o pensamento.

2 DE JANEIRO

Enfim, amam-se. A viúva fugiu-lhe e fugiu a si mesma, enquanto pôde, mas já não pode. (...) As visitas são agora diárias, os jantares frequentes (...).

Se já estão formalmente declarados é o que não sei (...). O que aí digo é o que sei por observações e conjeturas, e principalmente pela felicidade que há no rosto do casal Aguiar.

25 DE JANEIRO

(...) Quem sabe se a mão da viúva não foi já pedida e concedida por ela? Comuniquei esta suposição a Rita, que me disse suspeitá-la também.

29 DE JANEIRO

Tínhamos razão na noite de 24. Os namorados estão declarados. (...)

D. Carmo e Aguiar, que haviam abraçado a Tristão com grande ternura antes e depois do pedido, estavam naquela noite em plena aurora de bem-aventurança.

Naquela noite, Zeca chegou tarde à pousada. Vinha do Rio de Janeiro; fora assistir a um jogo no Maracanã. Entrou no saguão ainda eufórico, com a camisa rubro-negra imunda, cantarolando:

Eu sempre te amarei,
Onde estiver estarei,
Meu Men-en-gô!
És time de tradição,
Raça, amor e paixão,
Meu Men-en-gô!

Uma vez, Nãima comentara com a mãe que não entendia como um cara daquele tamanho tinha como divertimento se enfiar numa arquibancada entupida de gente, ficar horas e horas de pé esticando o pescoço e se abraçar berrando, quase às lágrimas, a outros sujeitos que nunca vira na vida, todos pingando de suor que nem ele, quando o time fazia gol – isso quando o tal time não perdia o jogo. Flora respondeu que algum dia Nãima ia gostar de algum cara justamente porque ele fazia tudo isso que hoje ela achava tão idiota.

Depois de um banho e de um sanduíche gigante com suco de goiaba, Zeca e Flora estavam deitados na cama de mãos dadas, olhando para o teto, como costumavam ficar até dar sono. Foi Zeca quem falou primeiro:

– Ele ainda não contou a ela? – perguntou.

Flora, com expressão aflita, balançou a cabeça, negando:

– Cabe ao Paulo dizer tudo, não é? – ela perguntou, só para confirmar, mas já sabia o que ele ia responder.

– Cabe – disse Zeca. E fez uma pausa. – Papo difícil...
– Ele pode... não ter coragem.
– Não sei se é isso – disse Zeca, pronunciando as palavras devagar, pensativo. Estava se baseando apenas na sensação que tinha sobre Paulo. – Só conheci ele agora. Mas, acho que não é um cara que deixasse de contar uma coisa dessas à filha por falta de coragem.
– Não é pela coisa em si... – disse Flora. – Ele não contou para mim como foi a vida dele nesses anos todos. Nem vai contar. Coisa...
– ... de pescador – murmurou Zeca.
– Isso. Mesmo fazendo tanto tempo que está longe do mar... O que eu sinto é que a vida dele foi bem solitária. Talvez triste...
– Quando saiu daqui, ele carregou a fuga junto, Flora.
– Eu sei, mas agora ele tem uma nova chance. Uma felicidade que não esperava mais ter. Com a Nãima. Daí, perder isso de novo... é duro!
Zeca concordou.
– Eu sei.
Flora apertou os dedos, sentindo a mão forte de Zeca, e ele rolou um pouco o corpo para o lado, dando-lhe um beijo de leve nos lábios.
– Tô com cheiro de alho? – brincou ele.
– Está... e de outra coisa também... seus dedos... um cheiro ardido.
– Noz-moscada... Ralei vários grãos hoje. Já lavei à beça, mas...
Flora riu, e o puxou para um abraço mais apertado.

• 18 •

O tempo que não nos permitimos perder

Anos depois de todos esses episódios, Nãima se lembraria das dúvidas que havia dentro dela e que a garota (de dezesseis anos então) não queria reconhecer que tinha. Também, ela vivia numa felicidade que não sabia, até pouco antes, que poderia existir.

"Que nem os Aguiar...", pensara na época. "Adoravam o afilhado, aquele tal de Tristão, mas o haviam dado como perdido quando o cara foi para Portugal. Agora ele volta, se casa com a viúva e os Aguiar felizes da vida, pensando que aconteceu um milagre... Nem eles se arriscavam mais ao perigo de Fidélia casar com algum desconhecido que a tomaria deles, nem do Tristão voltar para Portugal – ele ficaria lá com Fidélia. O que podia ser melhor? Está tudo bem, não está? Parece até sonho. Então... o quê?"

Nem por isso deixava de se sentir agoniada. E de dormir meio oprimida, ainda mais depois do trecho que leu no *Memorial*:

18 DE FEVEREIRO
Esqueceu-me notar ontem uma coisa que se passou anteontem, no começo do jantar do Flamengo. Aqui vai ela; talvez me seja precisa amanhã ou depois.

As primeiras colheres de sopa foram tanto ou quanto caladas e atadas. Tinham chegado cartas da Europa (duas) e Tristão as leu à janela, rapidamente, parecendo não haver gostado do assunto. Comeu sem atenção nem prazer, a princípio. Naturalmente os padrinhos desconfiaram alguma cousa, mas não se atreveram a perguntar-lhe nada. Olharam para ele, à socapa; eu, para lhes não perturbar o espírito, não trazia assunto estranho, e comia comigo. Depressa acabou o constrangimento, e o resto do jantar foi alegre.

Foi na mesma madrugada que Zeca a acordou, com todo cuidado, pedindo a ela que se vestisse. Nãima tentou reclamar. Zeca, então, ainda com cuidado, mas firme, disse:
– Nãima, você vai para o hospital comigo. Agora.
A garota arregalou os olhos, assustada.
Zeca engoliu em seco, discretamente, e disse:
– É seu pai, Nãima.
– Um acidente? De carro ou…?
– Não. Não foi acidente. Vamos, você tem que vir comigo. Eu explico no caminho.
Duas horas depois, ela estava na sala de espera da UTI do hospital. Com as mãos tremendo de nervoso, lia o *Memorial*, para ver se o tempo passava logo. Se passava ou se esquecia, o tempo, de reparar que ela estava ali, o pai lá dentro, sendo monitorado – que algo estava para acontecer, algo que alteraria a vida de ambos, que aquela espera não poderia durar para sempre.
O trecho que Nãima lia agora a enchia de tristeza…

6 DE MAIO
A gente Aguiar parece estar sobressaltada. Tristão recebeu novas cartas e alguns jornais de Lisboa, e longa-

*mente os leu para si, agora alegre, logo carrancudo. (...)
Depois de jantar foram para Botafogo.*

Lá se desfizeram as sombras, porque o encontro de Tristão e Fidélia era sempre uma aurora para ambos, a preocupação dos Aguiares passou, e a noite acabou com a mesma família de bem-aventurados.

15 DE MAIO
Enfim, casados. Venho agora da Prainha, aonde os fui embarcar para Petrópolis. O casamento foi ao meio-dia em ponto na Matriz da Glória, poucas pessoas, muita comoção.

26 DE MAIO
Nestes últimos dias só tenho visitado o casal Aguiar, que parece meter-me cada vez mais no coração. Vivem felizes, recebem e mandam notícias aos dois filhos de empréstimo. Estes descerão na semana próxima para subir no mesmo dia; o único fim é abraçar os velhos.

Anos mais tarde, quando pensava no quanto aqueles dias em que leu os dois derradeiros romances de Machado de Assis foram importantes em sua vida – para o resto de sua vida –, ela recordava ter tido a mesma sensação de perda que os Aguiar tiveram. Nãima lembrava que Tristão e Fidélia embarcaram para Portugal, deixando os Aguiar pensando que seria apenas uma viagem de lua de mel. Não desconfiavam que havia outra razão, a não ser poupá-los de uma temporária separação, para a insistência dos recém-casados para que os Aguiar os acompanhassem na viagem. Aguiar não podia – tinha seu trabalho no banco; Carmo não deixaria Aguiar sem ter quem cuidasse dele; e ambos, tanto por não querer se afastar um do outro como por se acharem idosos demais para uma viagem daquelas, preferiram ficar esperando a volta do casal. Mas quando o rapaz despedia-se do conselheiro…

– Não nos veremos mais? perguntou-me.
– Irei ao Cais Pharoux, pode ser que a bordo também.
– Até amanhã; vá fazendo as encomendas.
(…) A meio caminho deteve-se e subiu outra vez.
– Olhe, conselheiro, Fidélia e eu fizemos tudo para que a velha e o velho vão conosco (…).
– Pois voltem depressa, aconselhei.
Tristão fitou-me os olhos cheios de mistérios, e tornou à sala; vim com ele.
– Conselheiro, vou fazer-lhe uma confidência, que não fiz nem faço a ninguém mais; fio do seu silêncio.
Fiz um gesto de assentimento. Tristão meteu a mão na algibeira das calças e tirou de lá um papel de cor (…). Era um telegrama do pai, datado da véspera; anuncia-lhe a eleição para daqui a oito dias.
(…)
Restituí-lhe o telegrama. Tristão insistiu pelo meu silêncio, e acrescentou:
– Queria que eles viessem conosco; eu lhes diria a bordo o que conviesse, e o resto seria regulado entre as duas, – ou entre as três, contando minha mãe. Fidélia mesma é que me lembrou este plano, e trabalhou por ele, mas não alcançamos nada; ficam esperando.
Quis dizer-lhe que era esperarem por sapatos de defunto, mas evitei o dito, e mudei de pensamento. Como ele não dissesse mais, fiquei um tanto acanhado; Tristão, porém, completou a intenção do ato, acrescentando:

– Confesso-lhe isto para que alguém que nos merece a todos dê um dia testemunho do que fiz e tentei para me não separar dos meus velhos pais de estimação; fica sabendo que não alcancei nada. Que quer, conselheiro? A vida é assim cheia de liames e de imprevistos...

18 DE JULHO
Vim de bordo, aonde fui acompanhar os dois, com o velho Aguiar, o desembargador Campos e outros amigos. D. Carmo foi só até o cais; estava sucumbida, e enxugava os olhos. (...)
Fidélia ia realmente triste; o mar não tardaria em espancar as sombras, e depois a outra terra, que a receberia com a outra gente. (...) Tristão, à despedida, disse palavras amigas e saudosas a Aguiar, mandou outras para a madrinha, e a mim pediu-me que não esquecesse os pais de empréstimo e os fosse ver e consolar. Prometi que sim.

Os Aguiar esperando a volta de Tristão e Fidélia.
Eles não iam voltar.
Nunca mais.
E se mesmo anos depois Nâima continuaria lembrando tanto daquelas cenas, daquela madrugada, não foi somente porque os médicos haviam avisado que, sendo aquele o terceiro infarto que Paulo sofria em curtíssimo intervalo de tempo, dificilmente ele sobreviveria.

Houve mais, muito mais, acontecendo naquela noite. Uma decisão que ela tomou e que foi fundamental para toda a sua vida dali para a frente.

– Ele sabia que ia morrer, não sabia? – indagou ela furiosa quando Youssef se aproximou, em certo momento, para lhe dizer que podia entrar no quarto para ver o pai. Paulo estava acor-

dado e consciente. Os médicos só não podiam dizer quanto tempo ele resistiria. "Talvez algumas horas", arriscou um deles.
– Sabia... – respondeu o libanês.
– Não me disse nada. Foi como mentir para mim – disparou Nãima.

Na biblioteca da pousada, na noite em que pela primeira vez Youssef e Paulo se encontraram, Paulo soube que tinha uma filha – e que também logo iria perdê-la:
– Faz uma semana que eu saí do hospital. Meu segundo infarto... O que eu tenho é uma combinação grave, mas não incomum. Diabetes, hipertensão crônica, coração dilatado e aterosclerose avançada. Possivelmente, tudo por causas genéticas. Em suma – e ele riu, tristemente –, foi como se os médicos me mandassem para casa com um atestado de óbito já pronto, no bolso, faltando só colocar a data. Estava na cara que eu ia infartar de novo, e logo. E dessa vez, sem escapatória. Recomendaram que eu fizesse muito repouso. Mas, daí, pensei: descansar agora para quê? Não vou descansar para sempre, daqui a pouco? Então, vim para cá.

Já diante de Nãima, na sala de espera da UTI, Youssef soltou um suspiro e disse:
– Se você quer julgar e também condenar, então, sim, seu pai mentiu para você. Mas o caso, minha neta, é se você tem mesmo certeza de que está em você fazer isso...
– É como se ele estivesse me abandonando de novo. Para que se aproximou de mim? Para me largar? Para me fazer sofrer? Se, há duas semanas, eu escutasse que um sujeito desconhecido chamado Paulo, que por acaso era meu pai, havia morrido longe daqui, e daí? Não ia sentir nada. Mas, agora! – A garota deu um chute na parede. Então, voz entrecortada, disse: – Sabe o que eu devia fazer? Ir embora! Sair da cidade e só voltar daqui a um mês. E é isso mesmo o que eu vou fazer!

– Você acabou de ler o *Memorial*, Nãima?

SEM DATA
Há seis ou sete dias que eu não ia ao Flamengo. Agora à tarde lembrou-me lá passar antes de vir para casa. Fui a pé; achei aberta a porta do jardim, entrei e parei logo.
– Lá estão eles, disse comigo.
Ao fundo, à entrada do saguão, dei com os dois velhos sentados, olhando um para o outro. Aguiar estava encostado ao portal direito, com as mãos sobre os joelhos. D. Carmo, à esquerda, tinha os braços cruzados à cinta. (...) Ao transpor a porta para a rua, vi-lhes no rosto e na atitude uma expressão a que não acho nome certo ou claro; digo o que me pareceu. Queriam ser risonhos e mal se podiam consolar. Consolava-os a saudade de si mesmos.

– Sabe – disse Youssef –, essa atitude do conselheiro... recuar sorrateiramente para não ser visto... diante da dor de seus amigos... fugir... é toda a limitação dele, sua solidão, o medo resfriando o amor que ele diz que não tem para dar.
– Ele é um cretino! O mundo está cheio de cretinos.
– Sim. Por isso, quem pode atirar a primeira pedra?
– Eu quero atirar nele é uma frigideira de óleo quente! Ele... aquele...!
– Nãima – cortou, firme, Youssef –, você não percebeu?
Nãima se deteve um instante, cravando o olhar no avô. Mas logo balançou a cabeça vigorosamente:
– Não. Não mesmo! Não é a mesma coisa! Ele vai morrer... Não me disse nada, se aproximou de mim sabendo que ia morrer... Um egoísmo desgraçado, nem pensou em mim, só nele... Não é a mesma coisa, vovô. Não é!

— Eu também vou morrer, Nãima. — A garota abriu a boca, ficou paralisada. Youssef prosseguiu, o rosto vermelho, com uma irritação amorosa que só ele tinha. — E não vai demorar. Estou com oitenta e dois anos, lembra?

— Vovô...

— Acho melhor, então, você se afastar de mim. E agora, antes que aconteça. Para não sofrer!

— Eu... nunca vou fazer isso — murmurou ela.

— Eu sei! – disse Youssef, puxando a garota para um abraço. — E sei que você não vai fazer isso com seu pai também. Você o ama. Não tem jeito, agora você o ama. E que bom que encontrou esse amor na vida. E minha neta, por medo de sofrer, não vai fugir de um amor que sente. Eu sei que não!

Quietamente, e por não mais do que dois minutos, Nãima chorou – e até soluçou algumas vezes – nos braços de Youssef. Depois, desvencilhou-se do avô, deu-lhe um beijo na bochecha, um sorriso triste, dirigiu-se à porta da UTI e entrou. Até Paulo fechar os olhos, ele e a filha estiveram de mãos dadas. Às vezes conversando. Às vezes em silêncio. Às vezes se olhando.

Anos e anos se passaram e Nãima jamais esqueceu aquela noite. Pensava nela com frequência, como um momento crucial, que definiu muita coisa importante. Porque, por ter tido essas poucas horas em sua vida, por não ter que carregar o arrependimento de não tê-las vivido, e por tudo o que houve entre pai e filha – tanto, tão inacreditavelmente tanto, para um tempo tão curto –, Nãima sempre, sempre e sempre foi grata.

· 19 ·

Na Flipinha

— *Com saudade de si mesmos...* — disse certa vez Youssef — pode querer dizer com saudade da alegria que já tiveram, ou do tempo em que ainda acreditavam que teriam alegrias na vida... Com Machado, não se pode dizer *é isso* ou *isso não é*. A gente tem uma *impressão* ao ler. Ou arrisca alguma coisa. Ou deduz... Mas sempre tendo a humildade de reconhecer que raciocínios, pontos de vista e leituras diferentes levam a deduções diferentes... Quem pode saber? Bem, mas *com saudades* jamais vai querer dizer *arrependidos de si mesmo*. Nem de terem amado, nem de terem se exposto ao abandono ou à perda!

E isso ele falou ao grupo de teatro de Nãima, que, aliás, já havia escolhido um nome: *Os Desaconselhados de Paraty*. Depois de ler os dois romances, eles resolveram que, em vez de adaptá-los, seria mais ousado apresentar a versão do que seria o terceiro romance... se Machado o tivesse escrito.

A ideia vinha de algo que haviam lido: Machado, logo depois de lançar *Memorial de Aires*, cogitara escrever mais um romance. Ou seja, o seu *último* viraria *penúltimo*. Mas, daí, seu estado de saúde agravou-se, a saudade de Carolina ficou mais forte, e tudo isso junto o levou à morte.

O *décimo romance* de Machado nunca chegou a ser escrito.

Então, pensaram Os *Desaconselhados*, que tal transformar a peça num desfecho conjunto para *Esaú e Jacó* e *Memorial de Aires*?

No primeiro, os irmãos, apesar de no enterro de Flora jurarem que não brigariam mais, meses depois retomaram as desavenças, cada vez mais acirradas. Na peça, eles ressurgiriam lamentando as tantas besteiras que haviam feito na vida. Procurariam o conselheiro que, a essa altura, teria decidido não mais se esquivar do amor. Ou melhor, ele não decidira, já que não era disso, mesmo depois das tantas e tantas pauladas da vida que provocaram seu método *tô-fora*, como o chamavam Os *Desaconselhados*. Ocorre que, nessas surpresas da vida, o diplomata aposentado havia arranjado uma bela e firme mulher, uns tantos anos mais jovem do que ele e bem mais madura de coração, que lhe curara os caprichos e os medos. Ou fricotes, como Isaque, Téo e os demais garotos do grupo, mesmo sob protesto da ala feminina ("Olha o machismo!" – e tome vaia...), denominavam. E foi que essa mesma mulher tinha duas filhas, tão bonitas, decididas e firmes quanto ela, que deram jeito também nas manhas dos gêmeos Pedro e Paulo. Tudo assim tipo final feliz, porque os Aguiar agora estavam sempre com a casa cheia – o conselheiro e senhora, Pedro, Paulo e senhoras, e logo os filhos destes. Uns pestes. Até o senhor Candongas, o personagem de animação de Téo, fez uma pontinha na peça como amigo invisível das crianças. Quando *aparecia* em cena, era para torná-la tão atrapalhada quanto uma comédia do gênero pastelão.

Tanta gente havia sempre lá pela casa dos Aguiar, e tanta confusão o tempo inteiro, que, quando os dois viram, estavam com uma outra saudade de si mesmos: desta feita, de sua tranquilidade de antigamente.

Então deram um *tchau* para todos e embarcaram para a Europa. Não para ver Tristão e Fidélia, mas para checar se era verdade a nova moda que se espalhava no velho continente: o melhor que se podia fazer da vida àquela altura (Aguiar, aposentado do banco, com sessenta e poucos anos, e Carmo com cinquenta e poucos, ambos saudáveis e com dinheiro guardado) era considerar as obrigações cumpridas, as pendências resolvidas (estivessem ou não, no que dizia respeito aos outros) e *mandar ver*! Modas de quando o século XX era um século novinho em folha. Aquele cujo parto Machado assistira e que, enfim, ia deslanchando.

Como *Os Desaconselhados* intitularam o livro que Machado teria escrito depois de *Esaú e Jacó* e *Memorial de Aires*? Esse livro começava com uma advertência, na qual se dizia que Machado reaparecera para assombrar o prédio construído sobre sua casa do Cosme Velho, demolida apesar dos muitos protestos para se preservar a casa "do Bruxo". Nessa advertência, o fantasma de Machado revelava que, num compartimento secreto do seu famoso tabuleiro de xadrez guardado na Academia Brasileira de Letras (da qual fora um dos fundadores e que se chama também *A casa de Machado de Assis*), havia um original seu, o derradeiro de seus romances, jamais encontrado.

O fantasma explicava que quando o livro fora terminado Machado não tivera tempo de lhe dar título e mandá-lo ao editor. No entanto, agora era hora... E *Os Desaconselhados*, atendendo ao pedido do Bruxo, encaminhariam o livro inédito para publicação, já com título, que era também o título da peça que encenariam na Flipinha.

O romance recém-descoberto se chamava... *Depois do último*.

Seu Youssef riu quando lhe disseram. Ou melhor, riu primeiro, e logo estava soltando gargalhadas. Pensou em Simão, imaginou se o fantasma dele estaria rindo também, "em meio às partidas de xadrez e discussões literárias que deve ter com Machado *ao vivo*... ou melhor... bem, os dois, lá em cima, de algum modo e em algum lugar", e esse pensamento o fez gargalhar mais generosamente ainda.

A estreia de *Depois do último*, na Flipinha, foi um enorme sucesso.

No palco, ao se curvar para agradecer os aplausos, Nãima surpreendeu a si mesma, murmurando:

– Pra você, papai!

Outros olhares sobre *Esaú e Jacó* e *Memorial de Aires*

Nãima e seu pai, Paulo, descobriram que o melhor é viver sem medo do sofrimento. Juntos, pai e filha aprenderam que o melhor é lembrar do que verdadeiramente se viveu – e para isso contaram com a ajuda de Esaú e Jacó e Memorial de Aires. Nas páginas a seguir você vai conhecer mais sobre Machado de Assis e saber que histórias sobre irmãos rivais e sobre a passagem do tempo são temas que aparecem nas mais diversas obras de arte.

E viva o novo século!

Os dois livros que inspiraram Luiz Antonio Aguiar a escrever *O tempo que se perde*, *Esaú e Jacó* e *Memorial de Aires*, foram publicados por Machado de Assis em 1904 e 1908, respectivamente. Nessa época, teoricamente já não havia escravidão no Brasil, que também não era mais uma Monarquia. Substituía-se o regime dos imperadores pela República, que se consolidava enquanto a economia, aos poucos, deixava de ser baseada na agricultura para se tornar sobretudo dependente da indústria. As cidades também cresciam rapidamente, urbanizando-se nos moldes "europeus".

Começava o século XX, e Machado de Assis tinha conquistado a posição de principal escritor brasileiro. De fato, os três livros que ele publicou no final do século XIX, *Memórias póstumas de Brás Cubas* (1881), *Quincas Borba* (1891) e *Dom Casmurro* (1899), chamaram muita atenção dos críticos e dos leitores. Foram

A urbanização do Rio de Janeiro, no final do século XIX, transformou a cidade, evidenciando um novo estilo de vida ligado à cultura burguesa e expulsando os pobres das áreas nobres da cidade. Na foto, a rua do Ouvidor, no centro, em 1888.

poucos os que não reconheceram logo a genialidade com que tais romances representavam a sociedade brasileira, sempre cheios de ironias, humor e muitas digressões. Essas são algumas características importantes de Machado de Assis. A intertextualidade também é uma das marcas de suas narrativas.

Antes desses livros-marco, o autor de *Esaú e Jacó* já tinha publicado diversos romances: *Ressurreição* (1872), *A mão e a luva* (1874), *Helena* (1876) e *Iaiá Garcia* (1878). São livros em que, por um lado, ele segue a tradição do Romantismo, muito influenciado por José de Alencar; mas, por outro, já apresenta timidamente as características que descrevemos acima e que o glorificaram como um grande escritor.

Dentro dos romances, a história de um país

Os romances de Machado costumam ser formados por capítulos curtos, às vezes apenas de poucas linhas. E está aí um autor que gosta de conversar com o leitor, por meio de suas digressões e histórias memoráveis.

Machado de Assis é um desses escritores que criam personagens inesquecíveis. Capitu, com

Machado de Assis no centro da cidade do Rio de Janeiro, constante cenário de seus romances. A mulher na sua frente é sua esposa, Carolina.

seus "olhos de ressaca", ficou mais do que famosa, bem como Brás Cubas, o homem que resolveu contar sua vida depois de morto. Às vezes, o escritor faz seus personagens aparecerem em vários livros. Quincas Borba, por exemplo, o divertido filósofo criador da teoria do "humanismo", estava em *Memórias póstumas de Brás Cubas* antes de receber um livro dedicado a si mesmo. O Conselheiro Aires acompanha – e narra – a vida dos gêmeos de *Esaú e Jacó* e depois "escreve" o seu *Memorial de Aires*.

Vale lembrar ainda que os personagens de Machado de Assis costumam ser membros, com poucas exceções, dos setores mais favorecidos da sociedade da época. Um dos objetivos do autor é analisar como pessoas dessa parcela da sociedade – a burguesia carioca – se relacionam entre si. Machado de Assis é o grande crítico da sociedade brasileira do final do século XIX e início do XX.

Sempre há muito o que dizer sobre Machado de Assis: a elegância de sua maneira de escrever, a enorme cultura do escritor, que lia sem parar, a inteligência e a sensibilidade com que ele compunha seus livros e analisava a sociedade em que viveu.

Machado de Assis arrancou da história a substância de suas narrativas, como definiu o crítico Roberto Schwarz. Nesta caricatura, publicada em um jornal da época, D. Pedro II é ridicularizado com o final do Império.

O tema dos irmãos rivais

Como tantos outros escritores, Machado de Assis serviu-se da Bíblia como inspiração: a história de *Esaú e Jacó*, dois irmãos fisicamente muito parecidos que acabam rivais e inimigos, aparece no livro do Gênesis. Na Bíblia, Isaac casa-se com Rebeca e com ela tem dois filhos, não por coincidência, com os mesmos nomes com os quais Machado de Assis batiza o seu romance. A convivência entre os irmãos é difícil desde o início de suas vidas: "Os filhos lutavam no ventre dela", diz a Bíblia – ideia aproveitada por Machado de Assis ao descrever as brigas de Pedro e Paulo durante a gravidez de Natividade.

O escritor argentino Jorge Luis Borges (1899-1986) também tratou do tema dos irmãos rivais em um conto chamado "A intrusa", que faz parte do livro *O informe de Brodie*. A história é semelhante, em parte, à que Machado de Assis desenvolve em *Esaú e Jacó*: dois irmãos, Eduardo e Cristián, se enamoram da mesma mulher, o que causa um grande conflito. Aliás, o conto de Borges foi adaptado para o cinema em 1979 pelo diretor brasileiro Carlos Hugo Christensen. Tal qual o conto, o filme chama-se *A intrusa*.

Em 2000, pouco menos de cem anos depois da publicação de *Esaú e Jacó*, o escritor brasileiro Milton Hatoum leva a rivalidade entre irmãos para a região do Amazonas. Em *Dois irmãos* ele conta a história dos gêmeos Yaqub e Omar, que se entrelaça à saga de uma família árabe no Norte brasileiro. Como sempre, ao falar em irmãos que rivalizam, há sentimentos exagerados, separações e ressentimento. Machado de Assis, portanto, construiu o seu *Esaú e Jacó* a partir de uma fonte muito rica.

O tempo guardado nos diários

Depois de ler *O tempo que se perde*, você deve se lembrar o tanto que Nãima fica intrigada, e, mais ainda, interessada, na questão do tempo: no quanto ele passa rápido – e não volta –, deixando muita coisa para trás. Além de *Esaú e Jacó*, o outro livro de Machado de Assis que inspirou Luiz Antonio Aguiar a escrever *O tempo que se perde* foi *Memorial de Aires*, o último romance do escritor, publicado pouco antes de sua morte, em 1908.

Em *Memorial de Aires*, Machado de Assis usa a forma do diário. Muitas coisas acontecem com o personagem: entre elas, Aires descreve o amor que testemunha entre o senhor Aguiar e D. Carmo, enquanto ele próprio se sente atraído por Fidélia. Como pano de fundo histórico, a libertação dos escravos e a proclamação da República.

Machado de Assis não escolhe a forma do diário à toa: ela marca a passagem do tempo com muita força. Outros grandes escritores adotaram o gênero do diário para escrever seus livros de ficção. O uruguaio Mario Benedetti (1920-), por exemplo, usou essa forma em *A trégua*, publicado em 1960. Como o livro de Machado de Assis, esse diário de Mario também fala do amor e da passagem do tempo.

Alguns diários que viraram livros, porém, não são ficcionais. Eles contam coisas que aconteceram na época em que os escritores viveram e são importantes fontes de referência histórica. Exemplos são o famoso *Diário de Anne Frank*, da menina judia que testemunhou os horrores do Holocausto, e o *Diário de viagem*, de Albert Camus (1913-1960), em que o escritor conta suas viagens pela América.

O tempo das pinturas e das canções

Como se pode perceber, a passagem do tempo é assunto fundamental para a literatura. Mas as outras artes também fizeram dela um tema importante e recorrente. O pintor impressionista Claude Monet (1840-1926), por exemplo, pintou uma série de quadros retratando a mesma igreja (a Catedral de Rouen, na França) em horários diferentes para mostrar como, mesmo em um curto intervalo de tempo, tudo pode ficar diferente.

A canção popular brasileira se apropriou do tempo como um de seus principais motes de inspiração. Caetano Veloso compôs uma "Oração ao tempo", em que diz que ele é "um dos deuses mais lindos". Gilberto Gil fez igualmente uma letra sobre esse assunto, cujo título diz tudo: "Tempo rei".

Mas nem o livro de Luiz Antonio Aguiar nem os de Machado de Assis falam *apenas* da passagem do tempo. Muitos outros assuntos estão interligados a esse tema que é, na verdade, matriz de tudo o que nos toca mais profundamente.

A obra do artista gráfico holandês M. C. Escher (1898-1970) intitulada *Metamorphosis III* mostra como as coisas podem se transformar em outras completamente diferentes daquilo que as originou; uma das propriedades da passagem do tempo.